昭和12年秋

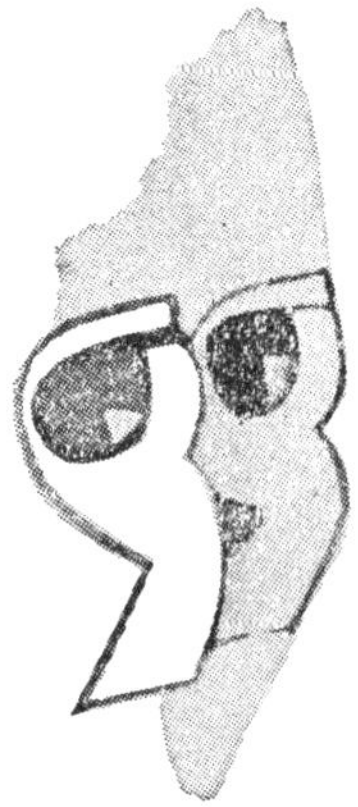

横光利一

●人と作品●

福田清人
荒井惇見

Century Books
清水書院

原文引用の際，漢字については，
できるだけ当用漢字を使用した。

序

清水書院から若い世代を対象に、近代作家の伝記と主要作品鑑賞のための「人と作品」叢書企画について、私に相談があった。その執筆陣は、既成の研究者よりむしろ立教大学の私の研究室に関係のある新人を推薦してほしいとのことであった。私はこの新鮮で積極的な企画に賛成して、すでに第一期九巻、第二期十巻を監修した。

つづいて第三期の一冊がこの『横光利一』である。執筆者荒井惇見《あらいあつみ》君は、昭和四十一年卒業の女性であるが、卒業論文に横光利一をとりあげ、すこぶる出色であった。荒井君は、卒業後半年、稿を新しくおこし、この執筆のため没頭した。

私はやがて、その父君が教育家であり詩人であることを知った。そして惇見君の幼児時代の言葉からその父君がその耳に詩的にひびくものを記録していることを知り、それを見せてもらった。

「おばあちゃんツバメは　はんてんきてるね」

台所の電燈のコードにとまったつばめを見てのことばである。

「おとうちゃんほら　アツミちゃんのあんよにオッパイができたよ」

虫にさされたあとのふくらみをみた満三歳の日のことばである。まことにほほえましい。またこのことばをうけとめた父君の詩情がある。こうした家庭に育った筆者の文才のもとがうかがわれる。

さて横光利一であるが、この故人を私は横光さんと呼びたいなつかしい気持ちがある。私がその人を友人に伴われて初めて訪問したのはまだ私が大学生の頃であった。横光さんは若い人に興奮させ強くせまる魔術のような言葉を持っていた。そして、私がその人の姿を最後に見たのは、終戦直後の荒廃した下北沢の街路で、二、三言であったが時勢を嘆じて別れた。

とにかく生前の横光さんは文学の神さまのように若い人々の尊敬をうけていた。その実験的な精進と言葉の魔力からである。そのポーズに反発するものもないではなかったが。

ところが戦後、その人の文学についてあまり論ずる者のないのは、その生前のかがやくばかりの姿を知るだけに不思議な気がする。当然、再評価されるであろう。この筆者はこうした作家のその生涯を短い中によく描き出してくれている。また主要作品への理解も愛情をもって努めている。郷土関係の写真等、初出の珍しいものがありそれも筆者がこの執筆に熱情をこめて集めたたまものである。

立教大学日本文学研究室にて

福田清人

目次

第一編　横光利一の生涯

蟻
台上に餓えて
月高し

これは、文学の異様な魅力のとりことなって、その生涯をひたすら新しい文学の創造、実験にささげて来た、誠実な作家横光利《り》一《いち》の孤高の精神を最もよく表わしている句である。

流転の幼年時代

旅館で生まれた子

会津《あいづ》では冬の訪れが早い。霙《みぞれ》と吹雪《ふぶき》の日々は長くきびしいけれども、人は自分に課せられた仕事のためにはそれを乗り越えなければならない。

鉄道敷設《ふせつ》の設計技師横光梅次郎、通称利顕《としあき》(三十一歳)は磐越《ばんえつ》西線開通工事のために、妻小菊《こぎく》(二十七歳)と長女静子(四歳)を連れて福島県の東山温泉に来ていた。そしてそこの新滝《しんたき》旅館の一室で、明治三十一年(一八九八年)三月十七日、その長男として生まれたのが横光利一である。その日はちょうど、

こち吹かばにほひおこせよ梅の花あるじなしとて春な忘れそ

の歌でも有名な、藤原時平のために九州の太宰府《だざいふ》へ左遷《させん》させられたかの菅原道真《みちざね》の命日であった。この天神様(道真)の命日に生まれた利一を母はよくこう言って育てた。

「この子は天神様の命日に生まれた子だから運が強い。」

利一は幼い頃「としやん」とか、「としちゃん」と呼ばれているから、本名は「としかず」と呼ぶのが正

しい。

会津での工事が完成すると、一家は今度は千葉県の佐倉に移った。「沼地で大変なところに鉄道を通すのだということで、難工事のようすを父が話したことを覚えています。」と、姉の静子は「弟横光利一」の中で書いているが、東山のことといい、この佐倉でのことといい、幼い利一の記憶にはほとんど残っていない。

父方の血

利一の父梅次郎の生家は、大分県宇佐郡長峰村大字赤尾（現在四日市町赤尾）で、代々藩の技術部門を担当していた名家であった。祖父仁三郎は、仁右衛門とも呼ばれ、明治も早い頃、頭髪を左右に分けたりするほどのしゃれ者で、俳句や謡曲《ようきょく》、浄瑠璃《じょうるり》などをよくした。非常に温良な人柄で、村の土木工事費とりたての世話などしたりして、利一の生まれる数日前、明治三十一年三月十日に亡《な》くなっている。

父梅次郎は、

「青年時代に福沢諭吉の教へを受け、欧州主義を通して来た人物だつた。ただひたすらに欧米に負けたくない諭吉の訓育のままに、西洋も知らず、山間にトンネルを穿《うが》つことに従事し、山嶽を貫くトンネルから文化が生じて来るものだと確信した。」（『旅愁』）

と、書かれたところに反映している性格だった。

母小菊と結ばれたのも関西線加太《かぶと》トンネル工事のために、伊賀郡の柘植《つげ》に出張していた際のことである。

現在の新滝旅館

碓氷《うすい》トンネルや逢坂山隧道《おおさかやますいどう》、あるいは福島から会津へぬけるトンネル、大津から山科《やましな》にぬける琵琶湖疏水《そすい》、宇治川の水電などは梅次郎の設計によるものといわれ、業者間では「鉄道の神様」とさえ呼ばれていた。だが、その一生は請負《うけおい》業者に雇われて働く身であったため、生活の浮き沈みが激しく、晩年にはひとり朝鮮の京城《ソウル》へ行って、そこで客死している。

一家は父と離れて暮らすことが多く、利一にとって父は「恐ろしい人」という印象が強かった。

「『まうし、光がね万年筆が欲しいんですって。』と母は不意に良人に云《い》つた。

『入りませんよ。』と子は強く云つて母を睨《にら》んだ。

父は黙つてゐた。

母は子の方を振り向いて

『お前欲しいつて云うたやないの。』と笑ひながら云つた。

『そんなこと云はない。』

が、実は云うたと子は思つた。

ある文房具店の前まで来たとき、父は黙つてその中へ這入《はい》つていつた。子は万年筆を手にとつてゐる父を見ると、急に父が恐ろしくなつて来た。」

と、「父」という作品の中で実際の父と思われる人物を描いている。頑固であるけれども人が好く、口数も少ないというような性格のため、子どもに対しておもてだった愛情は示さなかったが、内心ではずいぶんかわいがっていたようである。こういう父の血が利一の内にも流れていて、彼はそれを嫌ったらしいが、後年父の故郷へ墓参に行ったとき、「お父さんそっくりだ」と村人たちにうわさされている。

母方の血

母小菊は三重県阿山《あやま》郡東柘植《つげ》村（現在同県同郡伊賀町大字柘植町）の中田小平、りうの四女であるが、江戸時代の俳人松尾芭蕉の家系を引いているといわれる。

伊賀の国は四方を山に囲まれて、平安朝的な気風の今なお残る情緒豊かな土地である。また、忍術発祥の国としても名高い、非常に霧深いところでもあり、春の訪れは意外に遅い。

祖母りうには宇八と久八という二人の弟があり、利一が幼い頃には、久八は宇八の隣の藪《やぶ》の中に住んでいた。そしてこの家が「芭蕉の生家である」と後年利一は書いている。

りうには娘ばかりの五人の子どもがあり、小菊はその四女であった。

「洋燈」（絶筆）によってこれらの娘たち（利一にとっては伯母たち）を見よう。

一番上の大伯母は近くの上野という町に嫁《とつ》いでいた。「この美しい伯母にだけは、親戚たちの誰もが頭が上らなかつた。色が白くふつくらとした落ちつきをもつてゐて、才智が大きな眼もとに溢《あふ》れてゐた。またこ

左、西福寺山門

中右、祖父仁三郎一家の墓　中左、元藤原姓を示す墓　下右、曽祖父新助の墓　左、祖父仁三郎の墓

横光家系図

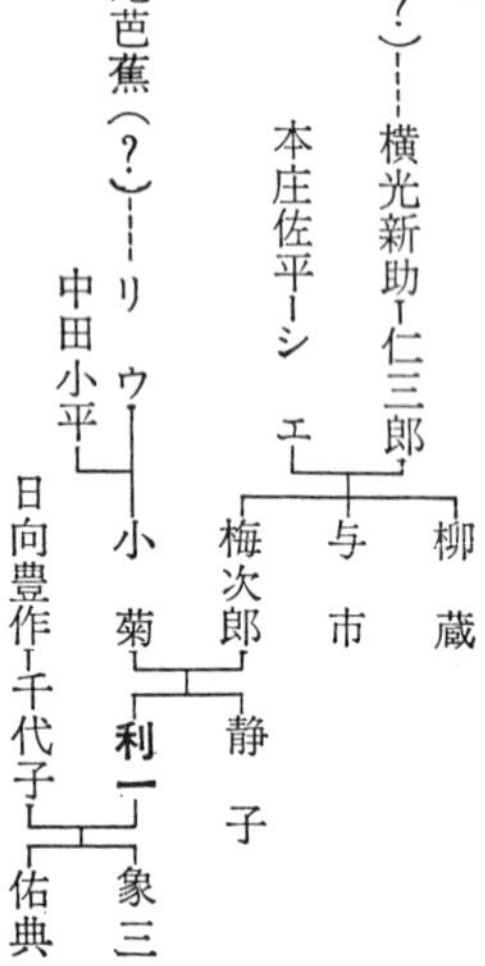

の大伯母はいつも黙つて人の話を聞いてゐるだけで、何か一言いふと、それで忽《たちま》ち親戚間のごたごたが解決した。」というほどの美しい人で、あるとき、東京へ行って来た土産《みやげ》に一冊の絵本を買ってきてくれたりするので、利一にとって琵琶湖の見える大津の町とならんで大好きな人であった。

　二番目の伯母は、同じ村で魚屋をしている人のところへ逃げるようにして嫁いだということで、親戚のだれからも嫌われていた。けれども、利一の母だけはここととも親しくしていて、利一が行ったりすると、そこの主人は「おう、利《とし》よ、来たかや。」などといってかわいがってくれた。

　三番目の伯母は、男のように気性のさっぱりした人で、近江の国のある寺の住職を主人とし、家では茶や生け花、縫い物の師匠をしていた。一人息子も別に江州の岡屋に吉祥寺という寺を持っていた。横光が八歳頃厄介《やっかい》になった寺である。

　四番目の叔母は、母小菊とは一つちがいの妹で、でっぷりと太った鼻の孔《あな》の大きな人で、声もまた大きくいつも笑ってばかりいるが、底ぬけに人が好く「この叔母ほど村で好かれていた女の人もあるまい」というほどであった。

母は留守がちな父に代わって、幼い利一に芭蕉を語り、佑天上人を語り、茶を教えてくれた。伊賀という平和な天地に生まれ育った、母のかもし出すゆかしい雰囲気は、南国の血をも受けついだ利一に「優なる滋味」を与えていく。

また一方、この頃の利一は近所中の評判になるほどの孝行者で、やさしい子であった。しかし、「文学をやり始めてからは俄《にわか》にそれが反対に」なった、と「母の茶」で回想する。けれどもそれは表面上の形態が変わっただけのことで、最後まで心根《こころね》のやさしい誠実な人間だったのである。

父　梅次郎

踊りの稽古《けいこ》

利一は三歳の頃、近所でご飯をもらって食べ、そのため赤痢にかかった。それがよくなおりきらないうち、一家は虎《とら》という身体《からだ》の大きな男衆をつれて、佐倉から東京の赤坂に移った。父梅次郎の景気のよい時代である。姉と利一は三味線の師匠のところへ踊りを習いに行かせられた。「三つの記憶」の

柘植の村々

中で利一は当時を次のように回想する。

「坂道を姉と二人で登り踊りの師匠の家へ着いてから、懐《ふところ》に差された舞扇を抜きとつて、梅ケ枝をわたる鶯《うぐいす》、と姉の踊つてゐる間膝《ひざ》に手をつき眺めてゐた。私の番になると扇を開き、『数万の精兵繰り出して』と男は男の舞を習ふのだが、そのころのこのあたりは家家の屋根も低く日光の明るく射してゐる通りと、そして踊りとだけ妙にはつきり覚えてゐる。下総《しもふさ》から来た私の家の男衆は、私を背負つて赤坂の練兵場を歩くのが日課と見えて、草の中で起き伏ししてゐる兵隊の姿も眼に残つてゐる。また、四谷見付《よつやみつけ》あたりの足もとよりも低い土手の下の方を通る黒い汽車が、いぼいぼの鋲《びょう》を沢山打たれた鉄橋の中を擦《す》れ違ふ虫のやうなのろい姿が面白くて、いつもそこへ行くことを男衆にせがんだ。物ごころのつく頃の記憶を故郷とすれば、私には東京のそのあたりが、故郷といつても良い。」

それから伊賀の柘植《つげ》という田舎町へ帰ったのは五歳の時で、雪の降りしきる寒い晩であった。紫色の縮緬《ちりめん》のお高祖頭巾《こそずきん》をかぶった母に連れられて、三番目のお光伯母さんの家に泊まった。利一はそこではじめてランプというものを見た。

「竹筒を立てた先端に、ニッケル製の油壺《つぼ》を置いたランプが数台部屋の隅に並べてあった。その下で、紫や紅の縮緬《ちりめん》の袱紗《ふくさ》を帯から三角形に垂《た》らした娘たちが、敷居や畳の条目《じょうもく》を見詰めながら、濃茶《こいちゃ》の泡の輝いてゐる大きな鉢を私の前に運んで来てくれた。これらの娘たちは、伯母の所へ茶や縫物や生花を習ひに来てゐる町の娘たちで二十人もゐた。二階の大きな部屋に並んだ針箱が、どれも朱色の塗で、鳥のやうに擡《もた》げたそれらの頭に針がぶつぶつ刺さつてゐるのが気味悪かつた。

生花の日は花や実をつけた灌木《かんぼく》の枝で家の中が繁つた。縫台の上の竹筒に挿《さ》した枝に対《むか》ひ、それを断《き》り落す木鋏《きばさみ》の鳴る音が一日してゐた。」(「洋燈」)

伯母の家は、利一のいままでの東京の家とはすべてが違っていた。大きな家の中で、薄暗いランプのあかりの中で、大ぜいの娘たちが静かにうごめくさまは、幼い利一の眼には異様すぎるほどであった。

しかし、一家はそこにも長くはとどまることができなかった。宇品の軍港工事のために広島県の呉《くれ》に行かねばならない。呉ではよくひとりで遊んでいた。あるとき、母親が仕事をしていると、どこからかかすかな泣き声が聞こえて来る。利一の泣き声である。びっくりしてさがしに行くとどうやら便所の中らしい。呉の便所は非常に深く、二階から下まで続いている。ひとりで遊んでいた利一はその深い便所の中に落ちてしまったのである。が、幸いなことにかすり傷ひとつ負わなかった。あわてて飛んで帰って来た父は、利一の襟《えり》がみをつかんで、近くの海へ連れて行ってジャブジャブ洗ってやった。そのときの思い出を、後年村松梢風に語って言った。

「海の底で小さな魚が貝の中から出たり入ったりしていた。その美しさをはつきり憶《おぼ》えているよ。」

また、母はかすり傷ひとつ負わない利一を見て感心したように、「この子は天神様の日に生まれたから運が強い。」とつぶやいた。何事につけても「天神様の日に生まれた子」と、口癖《くちぐせ》のように言っていたようである。

暗夜行路

利一が大津市大津小学校に入学したのは明治三十七年のことである。琵琶湖の見えるこの大津の町に父は新しく一家の住む家を構えて待っていてくれた。学校のすぐ横は桟橋《さんばし》になっていて、朝夕、汽笛《きてき》を鳴らしながら蒸気船が湖を渡って行った。利一はこのときはじめて同年《おないどし》の男の子たちと遊ぶおもしろさを覚えた。しかし、入学してたった一ヵ月、またもや父の仕事のため他国に移らねばならなくなった。転々とさすらうことには慣れているとはいえ、やはりそれは辛《つら》く寂しいことである。これをはじめに、利一は小学校を八校以上も変わるという記録を残すのであるが、そのたびに幼いながら人生の苦渋《くじゅう》を充分に知らされていくのである。それは後年の利一にはかり知れない影響を及ぼして、作品の上でしばしば宿命の冷酷さを取り扱う基盤をなしていく。

次の学校もやはり大津の町にあったが、そこにもまた、しばらくしかいられなかった。けれども利一は大津の町がたまらなく好きであった。この町の思い出は利一の記憶の中で最も美しく、そして、常にまぼろしのように浮かんでは消えていくものとなる。

「舟に燈籠《とうろう》をかかげ、湖の上を対岸の唐崎《からさき》まで渡つて行く夜の景色は、私の生活を築いてゐる記憶の中では、非常に重要な記憶である。ひどく苦痛なことに悩まされてゐるときに、何か楽しいことはないかと、いろいろ思ひ浮かべる想像の中で、何が中心をなして展開していくかと考へると、私にとつては、不思議に夜の湖の上を渡つて行つた少年の日の単純な記憶である。これはどういふ理由かよくは分らないが、油のやうにゆるやかに揺れる暗い波の上に、点々と映じてゐる街の灯の遠ざかる美しさや、冷えた湖を渡る涼風に、瓜《うり》や茄子《なす》を流しながら、遠く比《ひ》叡《えい》の山腹に光つてゐる燈火をめがけて、幾艘《いくそう》もの燈籠舟《とうろうぶね》のさざめき渡る夜の祭の楽しさは、暗夜《あんや》行路《こうろ》ともいふべき人の世の運命を、漠然《ばくぜん》と感じる象徴の楽しさなのであらう。象徴といふものは、過去の記憶の中で一番に強い整理力を持つてゐる場面から感じるものだが、してみると、私には夜の琵琶湖を渡る祭がそれなのである。このときには、小さな汽船の欄干《らんかん》の上に、鈴のやうに下つた色とりどりの提灯《ちようちん》の影から、汗ばんでならぶ顔の群が、いつぱいの笑顔の群となり、幾艘ものそれらの汽船の、追ひつ追はれつするたびに、

比叡山より大津市をのぞむ

唐崎の松

近づく欄干にどよめきたつて、舟ばた目がけて茄子《なす》や瓜《うり》を投げつけ合ふ。舟が唐崎まで着くと、人々はそこで降りて、今はなくなつた老松の枝の下を繞《めぐ》り歩いてから、また汽船に乗つて帰つて来る。日は忘れたが、何でもそれは盆の日ではなからうか。」（「琵琶湖」）

まもなく父が遠い朝鮮の京城へ行くことになり、家族はふたたび母の里の柘植《つげ》に帰らねばならなくなった。小学校の一年で三度も学校を変えさせられた利一は、今度は実家の祖父の家から東柘植小学校（現在柘植町小学校）へ通い始めるが、そこでまた、まったく新しい田舎の生活というものを知るようになる。

藤島孝平の思い出

祖父の家では石油の釣《つ》りランプが、大きな家の中にひとつ下がっていて、牛も一頭家の中に住んでいる。大きな石臼《いしうす》のまわる間から大豆が黄色い粉になって噴きこぼれ、蚕《かいこ》が藁《わら》の上に美しい繭《まゆ》をつくる。夜になると人々はもくもくと草履《ぞうり》を編みはじめる。利一もまた次第にそういう生活に慣れ、戸外に楽しい遊び場を得るようになる。どの川のどのあたりにはどんな魚がいるとか、どこの柳の木の下にはどういう小鳥の卵があるとか、また、どこの桑の実には蟻《あり》がたかって、どこの実よりも甘いとか、どこの藪《やぶ》のどの竹の櫛《よし》は何本目の竹の櫛と寸法が同じだとか、そういうことにまで夢中になってにらみをきかすようになった。

けれども学校に行くといつもひとりぼっちである。

「先生、おなかが痛い。」

と言うと、まわりの学童たちは、その奇妙な東京弁のために大笑いしていじめるのである。この地方では「おなか」のことを「腹《はら》」としか言わないのである。毎日何やかやと言われていじめられていた利一は「その度に反抗して、気持が暴暴《あらあら》しくなつていつた」が、そんなある日、東京から一人の少年がやって来た。都会風に華奢《きやしや》で、頭も一人散切《ざんぎ》りにしていた。

この少年、藤島孝平はこの地方の大富豪の家の弟の息子で、父は郵船会社の重役をしていた。そのためか、孝平には何か特別な威光がにじみ出ていて、女の子たちとばかり遊んでいた。利一はよそ目ながらこのひよわそうな少年に心を魅《ひ》かれていた。そして、ある初夏の日曜日の午後のこと、二人は誰もいない広い校庭の真ん中でばったり出会った。二人ともまだ一度も言葉をかわしたことがなかったので、じっと見つめ合って立っているだけである。が、しばらくすると孝平は突然顔をまっ赤にしてかけ出して行ってしまった。

後年利一は孝平が高等学校を出るとすぐ、肺病にかかって死んでしまったという噂《うわさ》を聞いて「三つの記憶」に次のように書いた。

「私にはこのとき、顔を赧《あか》らめて逃げ出した孝平の姿が、この世を逃げた最初の初初《ういうい》しい退場の姿に見え、日曜日のあのひつそりとした田舎の運動場の虚《むな》しい砂の白さが浮んで来て淋しかつた。」

また、その当時よく福地伊予守の城址へ遊びに行った。

「そこの荒れ果てた草の中に古井戸が一つあつた。中を覗くと羊歯《しだ》や苔《こけ》の生えてゐる間から、骨の露出した番傘《ばんがさ》がいつも水の上に浮いてゐた。井戸の前に句碑があつた。そこに古池や蛙《かわず》飛びこむ水の音と書いてあるので、この井戸の中には蛙がそんなにゐるのかと思つたのを覚えてゐる。子供たちはみなこの城址のことを、芭蕉さん芭蕉さんと呼ぶ習慣であつたが、芭蕉さんとは何のことだかさつぱり私には分らなかつた。私は芭蕉さんつてなんだと訊《き》くと、村の子供らも分らぬらしく誰もなんとも答へなかつた。」(「芭蕉と灰野」)

そうこうして寂しいながらも平穏に暮らしているうちに、父からの送金がとだえ、家計はにわかに苦しくなっていった。

寺の鐘つき小僧

父親が三十九歳、母親が三十五歳、姉が十二歳、利一は八歳で小学校の三年生。

軍事鉄道の敷設工事で朝鮮へ渡っている父が腸チフスにかかると、内地では母が子宮癌《がん》のため四日市の病院に入院することになった。柘植《つげ》には幼い姉弟二人がとり残され、淋しく家計のやりくりをしなければならなくなった。時々近くの伯母たちが見まわりに来てくれはするものの、子どもだけの家は「大人の眼からはさぞ憐《あわ》れに見えた」のであろう、親戚間で相談したあげく、利一は一人、江州岡屋の吉祥寺へ預けられることになった。住職は従兄《いとこ》（三番目の伯母の息子）である。伯父につれていかれると、まるでもらわれて来た子猫のように黙って広い座敷の隅の方にすわっているだけで、伯父の帰るのを見ていても、表情ひとつ変えず悲しさをこらえていた。

　この山寺での小僧の役目は、朝は早く起きて鐘楼《しょうろう》に登って鐘をつくこと、本堂の雑巾《ぞうきん》がけ、仏前に供物を進ぜること……等々であった。そして、それは学校に行く前にすべき日課でもあった。

　朝、八歳の子どもが力一杯つく鐘の音は、霧の中に沈んでいる村々に響き、村人たちの一日の活動をうながす。入相《いりあい》につく鐘の音は母を

上、城址にある芭蕉の句碑
左、福地伊予守城址

恋うてつく鐘である。その鐘の響きが夕映えの野や山をわたり、母にまで届くであろうと確信するとき、それは利一の一つの寂しい歓《よろこ》びになっていった。由良哲次が『横光利一の芸術思想』で次のように書いている。

「私は今日の彼の作品にも常に孤独の人が撞《つ》く入相の鐘の『寂』の響きを聴く気がしてならない。しかもそこには、一つの、『大いなる母』を恋ふ様な、空に響かせる寂しい愛の歎きがないであらうか。横光が見る美は、たとひ理知的の味を持ち、そして形相的の姿をもつものであつても、それには一つの愛が纏《まと》つてゐる。そしてそれが肉感的な響きを持たないのは、それが持つ特有の淋しさのためである。」

ここには横光文学の本質が見事に語られている。あまりにも孤独な幼年時代であった。

そのうちに、父から仕送りがあるようになり、母の手もとにひきとられると、今度はまた、大津

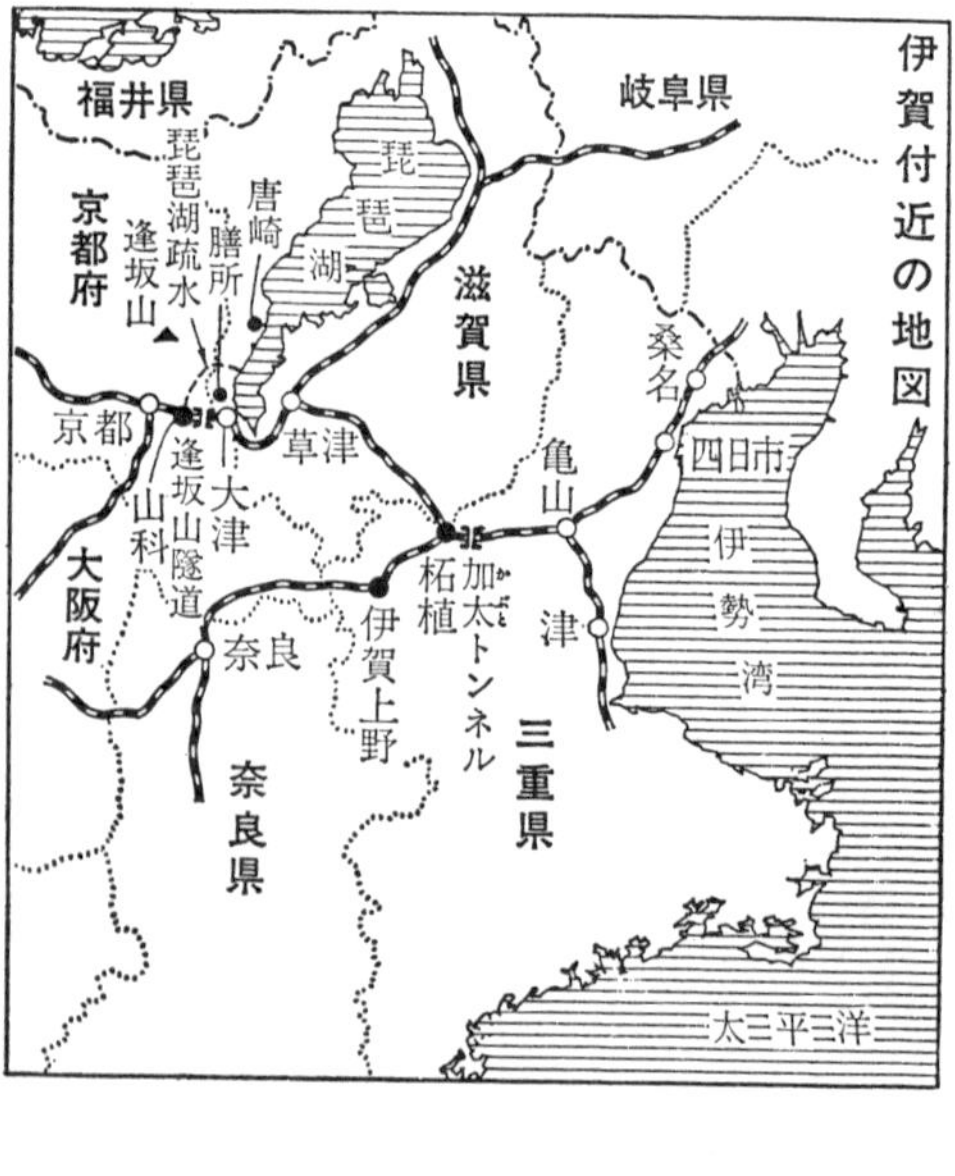

伊賀付近の地図

市大津小学校に通った。小学五年生のときである。琵琶湖疏水のトンネルに近い鹿関町に家があり、朝五時頃から起きて、柔道の寒稽古に通った。いっぽうこの頃から野球にも熱心で、中学に入ると野球選手として校内では華々《はなばな》しい存在になっている。

青春

――懸命なる作家修業時代――

明治四十三年、大津市大津小学校を卒業した横光は近くの膳所《ぜぜ》中学を受けたが、失敗して一年間小学の高等科に行った。翌四十四年、伊賀上野の三重県立第三中学（現在県立上野高等学校）に合格して、一家は上野町萬町に引越した。

中学時代

そこの家には大きな木が沢山あって、試験が近づくと彼はよく柿《かき》の木に登って「ここで勉強するとよく出来るぞ。」といいながら本を読んでいた。

二年生になると、一家はまた父の仕事のため姫路の福崎に移った。そのため利一は中学生としては珍しく下宿住まいするようになったが、その頃より夏目漱石、志賀直哉を愛読し、特に志賀の影響を受けるようになった。だが作文は不得手で、いつも丙をもらっていた。それというのも、表現にこって、人の奇をてらうような作文を書いたので、それがそのときの国語教師に受け入れられなかったからである。そして、かえって運動選手として校内で有名になった。特に野球部では花形選手として全校の注目を浴びていたが、ほかに、柔道、水泳、陸上競技などにも活躍するという、いわゆる万能選手であった。

利一には他を気にせず、思ったことをやり通すという父親ゆずりの一徹《いってつ》さがあって、この頃には次第に顕《けん》

中学時代の利一

著《ちょ》になっていった。寒中に足袋《たび》をはかずに歯の高い下《げ》駄《た》をはいたり、月に三十円も小使いを使ったりして、先生から注意を受けると、「あいつはおればかり眼につけよる」と言って怒るばかりで、決してそのために改めたりはしなかった。また彼は、女学生に自分を印象づけるために、帽子のかぶり方なども工夫したり、上野城址の石がけの上で逆立《さかだ》ちをしたりした。そして、確かに女学生たちの間に人気を得たのである。

利一が文学に特に興味を持って、小説家になろうという野心をいだき始めたのは、中学四年の頃で、そのときの国語の教師に文才を認められたのが契機になっている。中学を卒業する年、大正五年の校友会誌「会報」には「夜の翅《つばさ》」と「修学旅行記」が載せられているが、それは非常に特異な書き方で、象徴的、奇抜でさえあった。

彼が卒業する頃は、一家は京都の山科《やましな》に移っていた。父は自分の仕事をつがせるために、利一を京都帝大の工科に進ませる方針で、高等学校に行くよう再三言って来た。伊賀の親戚の人たちも同じことを言って来たけれども、「早稲田には自分の好きな先生がいるから」と言ってきかなかった。姉には、「どうしても自分の思う学校に行けないのなら、飛行機乗りになりたい」などと言っていた。

上京

大正五年（一九一六）、十八歳になった横光利一は父の反対を押しきってむりやりに早稲田大学高等予科文科に入学して、東京市外戸塚村下戸塚栄進館に住んだ。

「七つのとき東京を去つてから、再び東京へ私の戻つて来たのは十九の年である。その間私には、東京はまだ見ぬ故郷のやうにいつも行きたくてならぬ土地だつた。」（「三つの記憶」）

しかし、それ以上に彼を東京へか

中学時代の利一と母と姉

ったものは「文学をやるには東京にいなくてはだめだ」という気持ちであった。

「そしてやうやく東京へ出て来てみると、私の古里は長らく思ひ描いてゐた私のふるさととはひどく違つてゐて、美しい所の殆《ほとん》どない平べつたい街だつた。」（「三つの記憶」）

と、嘆息する。

自然主義以来、多くの作家を出していた当時の早稲田を、作家、村松梢風は次のように説明する。

「明治末期から大正初頭へかけて、日本の三大学——帝大、早稲田、慶応から、実に夥《おびただ》しい数の作家を社会に送り出した。それは日本近代文学の成熟期とも黄金時代とも言はれる。だが、それらの作家が華々しく活躍してゐるのに反して、嘗《かつ》て彼等を育て上げた母校は、蜂の子が残らず巣立つて飛び去つてしまつた跡のガラン洞の蜂の巣のやうな感じを与へた。実際は学校といふものは、巣立つた蜂の跡を直《す》ぐ別の蜂の子で補充してゐるのだけれども、彼等はまだ未知数であるし、事実時が来ても其の中から目に立つ蜂が現はれるかどうか疑問である。

早稲田入学当時

大正七年頃の早稲田の英文科の教室がそれであつ

た。教授や講師達の講義はいづれも摺《す》り切れた外套のやうに陳腐《ちんぷ》で、これから生れ出る新しい文学とは何の関係も無かりさうに見えた。其の中で僅《わず》かに学生の興味をひいたのは講師吉田絃二郎のメービーの文学論くらゐのものだつた。」(『近代作家伝』)

極道坊主　入学して一年ばかりすると、父梅次郎の不況のため学費が続かなくなってか、あるいは神経衰弱になってか、いったん京都の山科《やましな》に戻って遊んでいた。

この休学の間、山科の父母の家から山ひとつ越えて、大津に嫁いでいる姉の所へ、「茸狩《きのこが》りに行こう」とか、「都おどりに行こう」などと言っては誘いに行った。母はこの姉の所へ来るたびに、

「あの子は病気だと云つて、養生に帰つてゐながら昼やすんで夜起きて何か書いてゐる様だから、少し運動するやうに勧めてもらひたい。」(「弟横光利一」)

と、心配して言っていた。以前、父が戸塚の下宿を訪れたときに、学校にも行かず、夜起きて原稿を書いていることを知り、心配のあまり、保証人である万朝報の三沢という人に相談すると、

「あれは他の青年とちよつと違つたところがあるから、余り喧《やかま》しく云はずに勝手にさせて置きなさい。」

と言われたそうである。

幼い頃はとかく「孝行者」で評判をとったものだが、文学をやりはじめてからは確かに反対になっていった。「あの極道《ごくどう》息子」、「極道坊主」とよく言われて心配されていたが、決して不良青年ではなかった。しか

しながら、姉一人はそのような利一のよき理解者で、遊びに来るたびにいろいろな世間話をしてやっていた。「南北」や「敵」などの初期の短編小説は、そのときの話が材料になっているという。

横光の青年時代の作品、「姉弟」や「悲しめる顔」、「火」、「御身《おんみ》」などには、このやさしい姉への思慕がよく表現されていて、しみじみとさせられるものがある。

異様な風貌

大正七年、再び早稲田に戻って来た横光は英文科第一学年に編入されて、下戸塚の松葉館に住んだが、その下宿には佐藤*一英《かずひで》や中山義秀**がいて、これより彼らとの交渉が始まった。

だが、またしても彼は学校に行かず、下宿でせっせと小説を書いていた。彼には作家以外何物をも目標としない気力があった。

「彼は博文館の文章世界の投書家であつた。当時文章世界の選者は中村星湖だつたが、横光の投書はいつでも賞められてはあるが所謂《いわゆる》選外佳作の部で誌面には一度も載らなかつた。それでも懲《こ》りずに毎月若《も》しくは二ケ月に一編位長い間投書し続けた。学校は徹底的に怠けたが、翻訳でショーペンハウエルやキイランド、モーパッサン、チエホフ、シュニッツラア等を読んでゐた。其の下宿には同じ英文科の同級生中山義秀と佐藤一英がゐた。中山は横光より年も二つ下だが、東北出の素樸《そぼく》な青年で、まだ文学の素養は少しもな

*一八九九―　詩人、愛知県生まれ　**一九〇〇―　作家、福島県生まれ、昭和十三年「厚物咲」で芥川賞受賞

かつたから、すでに一個の作家的スタイルを具へてゐる横光に対してひどく感服して、毎日横光の部屋へ行つて彼の談論を傾聴した。もつとも傾倒したのは中山ばかりではなく、彼には先天的に人を惹《ひ》きつける何物かがあつて、常に五六人の学生仲間が押し掛けてゐた。彼はそれらの仲間を前においていつも文学より他は談じなかつた。」（村松梢風『近代作家伝』）

大正六年七月、「神馬」がはじめて、横光白歩の名で「文章世界」に発表された。この雑誌は、文壇の登龍門の役割をつとめていた。続いて「村の活動」が中村星湖の評を得た。まだまだ作家への道は遠いけれども、横光にはすでに作家的風格が備わっていて、時たま講義に出ても、ノートもとらず、瞑想《めいそう》するような態度で聞いているだけであった。

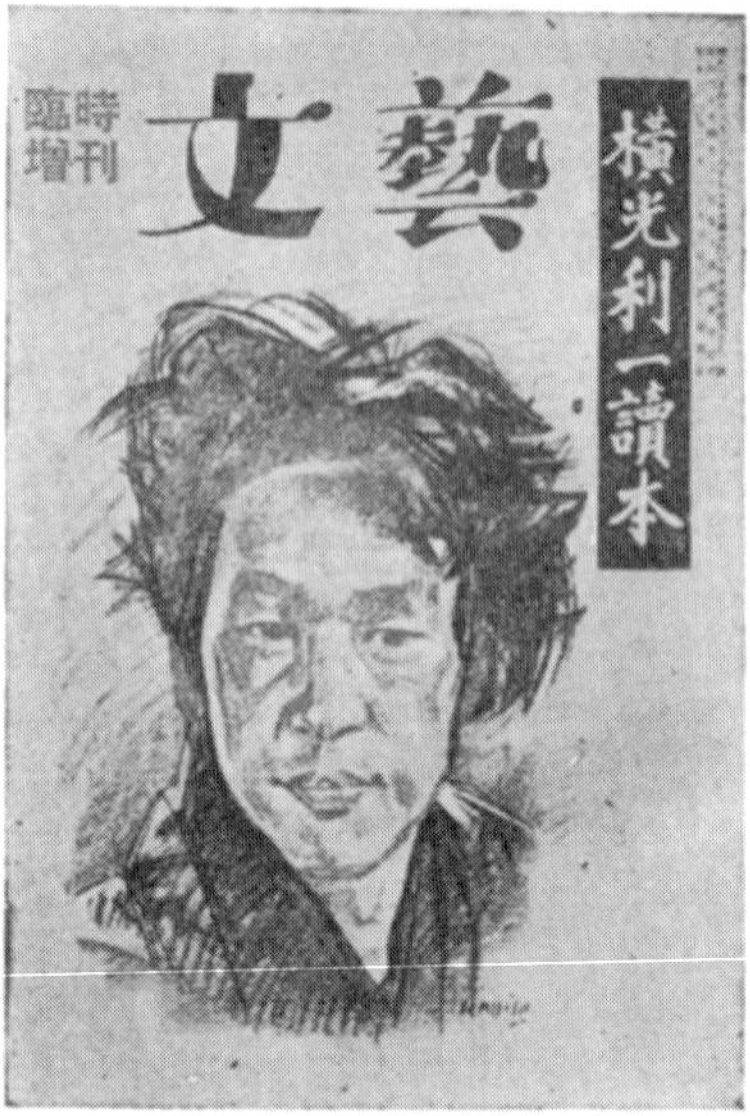

小磯良平画「文芸」表紙

村松梢風はその異彩ぶりを更に次のように記す。

「彼は常に和服の上に黒いマントをはおつてゐた。頭髪を非常に長くのばして頸《くび》のところで刈り込んでゐた。色は気味が悪いほど蒼《あお》白く、唇だけ赤かつた。鼻は稍々《しょうしょう》上向き加減で、眉のところが異様に飛び出し、眼は細く、口は大きく一文字に引き締つてゐた。一見普通とは違ふ人相であつたが、それよりも、其の学生の、周囲のものをすべて無視してゐるやうな昂然《こうぜん》とした態度や、無表情のやうな表情が、一層存在を目立たせた。彼は教室へ入つて来てもマントを脱がず、たつた一人中央の席へどつかり腰をおろすと、それから獅子がたてがみをふるやうに一と揺りぶるつと長髪を振り、左右を睥睨《へいげい》しながら、右手を上げて指で頭髪を掻《か》き上げるのであつた。自分が一般のものと異つたものであることを人にも見せようとするし、彼自身も明かにそれを意識してゐた。——それが横光利一であつた。」

同じ松葉館にいた中山義秀は、『台上の月』で次のように説明している。

「長髪の横光は顔色が青白く、痩《や》せていた。ことに両手の指はか細く骨ばっていて、老人のようにつやがない。毎日徹夜をつづけている不健全な生活と、自室に閉じこもったなりほとんど外出しない運動不足と、過度にちかい喫煙が、健康色を失わせていた。

横光は中学時代、野球の投手だったほかに柔道をやり、とくに逆立ちが得意で、伊賀の上野の数十丈もあるかと思われる城壁の上で、逆立ちをやったという伝説もあるほど、よく均勢のとれた健康体の持ち主だったが、文学をやるようになってから、わざと彼の肉体を弱くした。

欲望の巣である肉体を、先ず殺してかからねば、といった彼一流の精神主義にもとづくのであろうが、同時にまたあまりに健康体だと、彼独自の作品が生まれてこない様子であった。事実そう云って、彼の制作の秘密を、私に洩らしたこともある。」

思いやり深く、慎み深い横光は誰からも敬愛され、信頼された。もちろん女性にももてた。

たった一つの過失

大正五年、上京して来て間もない頃、経費節約のために友人と三人で雑司ヶ谷《ぞうしがや》に家を借りて住んだことがある。無精者同士のことゆえ、飯焚《めした》きや洗濯をしてくれる女中がほしかった。そこで、以前いた下宿屋の十六、七になる女中を一緒につれて行った。というより、女中の方から勝手に横光を慕ってついて来たもののようである。ところがある日、一緒に住んでいる友人が寝取ってしまうという事件がおきた。そのときの模様を中山義秀は次のように記す。

「横光は長髪をぶるっと震《ふる》わせて、

『僕は夏休みを終って、郷里から東京へひきあげてきた。朝早く自分の借家に帰ってみると、どうだろう。富本の奴が僕の女性と、一緒に寝ておるではないか、僕は二人の寝姿を見た瞬間、あっと思ったね。まるで飲みほしたコップの麦酒《ビール》の泡が一つ一つ消えてゆくのを見つめているような感じだったよ。』

『その形容は面白い。それで後、どうしたのですか。』

『どうもこうもないさ。僕はそのまま引取ったよ。』

『ふむ。』

私は感心しなければならぬような気がして、

『嫉妬《しっと》は感じなかったのですか。』

『嫉妬は君、恋愛に付随する、必然の副産物だからね。僕はそれ以来、女性も友人も信じなくなった。』
(『台上の月』)

横光という人はまれに見るほど、異性の愛情に潔癖であったようで、この女中の事件に関して、表面ではいかにも平然としていたが、内心では非常な嫉妬に悩み苦しんだ。そのため、自分もそれに価するだけ純粋であろうと生涯つとめとうして生きることになる。それは、はた目にはおかしいほどかたくなな生き方であったが、それが、横光の文学を下から支えている一本の柱となっていったことは、容易に想像されることである。

この事件で受けた痛々しいばかりの意識の経過は「悲しみの代価」(「文芸」昭和三十年五月臨時増刊号に発表)に詳《くわ》しく描かれる。

「彼は自分がどうなるのか不安であつた。彼は急いでもと来た方へ引き返したが、眼に映る総《すべ》てのものは新鮮な力を失つてゐた。さうして汚された美しい妻の肉体や奪はれた様々な妻との過去の歓楽がひつきりなしに彼の頭の中に浮んで来ると、彼の胸は再び激しく疼《うず》

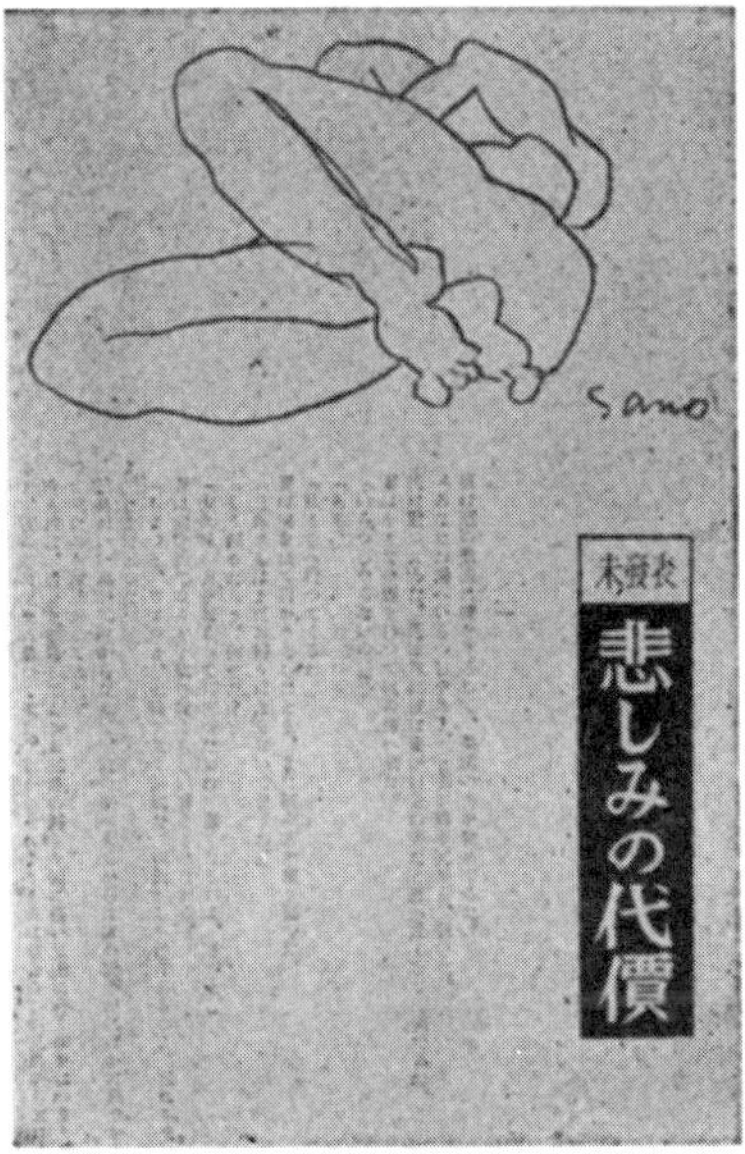

「文芸」に発表された「悲しみの代価」
カットは佐野繁次郎による

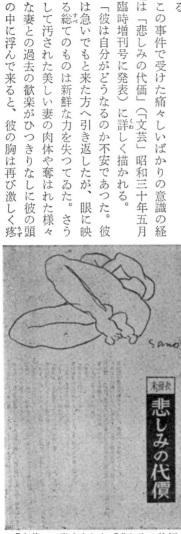

いて来た。彼は倒れさうになつて来た。自分が妻にしたことを他人が代つてなしてゐる。さう思ふと彼はたまらなかつた。自分の一切の記憶を断ち切るために、一突きにその胸の疼く所を突き刺したくなつた。彼は暫《しばら》くそこに立ち停つたまま動けなかつた。歯が慄《ふる》へて合はなかつた。すると突然彼は尚自分を虐《いじ》めてやりたくなつた。今最も自分を苦しめてゐる妻の肉体を、自分の眼の前に突き出してやつたら。ああ、そして俺は俺を弄《なぶ》り殺してやつたなら。彼は家の方へ馳けるやうな気持で歩いていつた。」

「彼は早く老人になりたかつた。そして列車の中にゐる老人を目で捜し、それから空を見た。すると涙がしきりに流れて来た。」

この事件を称して中山義秀は「四十九年の生涯における、たった一つの過失」と呼んでいる。

父の死

大正十一年八月二十九日、父梅次郎は朝鮮の京城で脳溢血のため他界した。享年五十五歳。いったん京都に帰ってきておりながら、

「坊主が一人前になる迄遊んでもゐられぬ。」

と言って、三度目に朝鮮に渡っていた時のことであった。その頃、神戸に住んでいた姉からの電報で、父の客死を知った横光はひとり朝鮮へかけつけた。

「京城は黄色かつた。そこで私は降りて日本人の綺麗《きれい》な女の顔を見てゐると横から私の袖を引いたものがゐた。見ると、母だつた。私は黙つてゐた。母も何も云はなかつた。二人は駅の前の黄色な広場へ出た。

母が萎《しお》れた顔をしたまま上を見たので私も見ると、飛行機が飛んでゐた。

『ここから家まで遠いの？』

『遠い』と母は云つた。

余程歩いてから横を向くと、ある一軒のガラス戸に『忌中』と書いてあつた。ここでも誰か死んだのだと思つた。私はその家の前を通り過ぎた。

『ここや』と後から母が云つた。

『ここか』

私は母の後からその忌中と書いてあるガラス許《ばか》りの感じの家の中へ這入つていつた。中には誰もゐなくて薄明るい光りの中に蠅だけが牛部屋のやうに群がつてゐた。

『もう葬式は済んだの？』私は初めて父のことについて訊いた。

『ああ。』母は一口云つた。

五寸四方の骨箱が錦の切れに包まれたまま粗末な机の上に乗つてゐた。

『これかね。』と私は指差した。

『それや。』と母は云つた。

『何アんぢや、こんなものか。』私は笑ひながら父の骨箱を下げてみた。」（「青い石を拾つてから」）

けれども悲しみは夕暮と共に押し寄せてきて、東京に出て六年、いまだ文壇にうって出ることのできない横光をどん底につき落とす。他方、小島君子との恋愛が思うように進展しない、いらだちの中にあって、横光を次第に虚無の世界に近づけて行く。この君子は後に記すが友人小島勗《つとむ》の妹である。

「ここの民族は、ひよつとすると歴史の頂上で疲れてゐるのであらう。これは確かにあの空が悪いのだ。笑ひを奪つたあの空が。冷酷で、どこかあまりに人間を馬鹿にし過ぎた空である。どこに風が吹いてゐるかと云ふかのやうな、ああ云ふ空の下ではとても民族は発展することが出来るものではない。何の親しみもない空だ。澄明で虚無的で応援力が少しもなく、それかと云つて、もしあの空に曇られたならとても仰ぐのも恐ろしくなるに相違ない。」(「旅行記」)

いくら朝鮮の空といえ、空が冷酷で虚無的だということはない。それは、その空を見ている人間、すなわち、横光の心が、父の死と君子との愛の両極にたたされてうつろになっているからにすぎない。そういううつろさの中で横光は自分自身に努めて冷淡になろうとする。すると、

「私はもう何事にもだんだん悲しまなくなつて来た。さうして私は私自身に冷たくなればなるほど私は次第に強みを感じて来た。」(「青い石を拾つてから」)

と書いているように、悲しみを超越して、そこから改めて再出発できるような力が生まれてくる。少し虚無の傾向を帯びてきている。

処女作のころ

大正九年、戸塚から小石川区初音町の初音館という下宿屋に移った横光は、せっせと愛人小島君子の家に通った。そこからは小島の家は近かったわけである。また、当時人気

ひたすら文学に

の絶頂にあった菊池寛の家も近くの富坂の崖の上にあった。

この年、横光は菊池の所に出入りしていた、佐藤一英につれられて、はじめて菊池の知遇を受けるようになる。川端康成と出会うのも菊池の家でである。

ある日、川端と二人で菊池を訪問すると、菊池は二人を本郷の恵知勝へつれて行き、牛肉をごちそうしてくれた。ところが菊池がいくら

「君食えよ、食えよ。」

といっても、横光はひときれも食べず空腹をこらえていた。人から情を受けることのもちろん嫌いな性質《たち》であったが、それればかりでない、こういうことも文学修業の一つであると確信していたためであった。菊池が後進のものによく金をやったり、ごちそうしたりする話は有名《ゆうめい》である。素直に好意を受け取る方が菊池のごきげんのいいことはわかっているが、横光だけはどんなに困っていてもその恩恵を決して受け容《い》れることは

昭和15年ごろの菊池寛

なかった。そのくせ、後に有名になってからは、横光の所に来る文学青年たちに、菊池のやっていたことと同様なことをしている。

横光はふだん、親しい友人以外には余り口もきかず、尋《き》かれても生活上の話などはしなかったといわれるが、その頃の横光の困り方は仲間の誰よりもひどかった。しかし、彼には文学のためには何事をも耐え得る信念があった。第三者の目からみて、そうすることがたいして重要でもない時でさえ、やり通した。もはや文学以外には何の目的もない、ただ、ただ文壇の第一人者となることが、意想外な修業の方法を生み出していく。

ある時、友人に向かって、

「僕はこれからペンネームを横光《よこみつ》左馬《さま》としようかと思ふ。」

と、真剣な顔つきでいった。友人が、冗談《じょうだん》とは思わず、

「成る程、面白い名前だな。」

と感心していると、

「だつて君、これならいつでも人から敬称されてるんだからな。」

といって昂然としていた。

横光には不思議なくらい、人の上に立ちたいという欲望があり、そのために絶えず自分を優《すぐ》れたものにしようと努め、よく哲学書にもよみふけって、求めて苦悶《くもん》した。早稲田に入った十八の年から三十歳になるまでマルクスの思想にいじめぬかれて、ようやくはなれたと思うと、今度はヴァレリイが「お前はこういう頭を知らぬか」と、またまた頭を悩ましにやってくるというふうに。

教会にも入って、一時は熱心なクリスチャンになったこともある。

食に飢えても希望に飢えず

大正十二年は横光にとって忘れられない年であった。一月、菊池寛は各々《おのおの》が勝手なことの書ける雑誌がほしいというのと、新人や無名の作家に文壇へ出る足がかりを作ってやろうという二つの目的から、「文芸春秋」を創刊した。一号は三十二頁、定価十銭のうすっぺらな雑誌であったが、三千部またたく間に売れてしまった。二号から横光利一、川端康成、石浜金作、鈴木彦次郎、酒井真人、今東光、菅忠雄、中河与一、佐佐木茂索、鈴木氏亨、加宮貴一、伊藤貴麿、南幸夫、佐々木味津三ら十四人を同人として発表した。

五月、「日輪《にちりん》」が菊池寛から紹介されて「新小説」に「蠅《はえ》」が「文芸春秋」に発表されると、横光はもはや無名作家ではなく、社会的な存在となった。文壇に横光をおくり出したのは菊池寛であり、菊池がいなかったならば、あるいは世に出られなかったかもしれない。『日輪』『蠅』共に、これより二、三年ほど前、大正十年頃書かれたものであるが、その当時を『台上の月』で中山は次の如く言う。

「下宿代を払いえなくなった彼は、階上の部屋から玄関口にちかい階下へうつり、食事ぬきの部屋借りで暮していた。彼の一日の食事といえば、わずかに価十銭のラァメン一杯、古本屋に売払われる彼の乏《とぼ》しい蔵書の一冊一冊が、からくも彼の生命をつなぎとめていたわけである。

そういう状態の中で彼は『日輪』を書き『蠅』を書いた。

（中略）

ひどく見栄坊のくせに、貧乏はさして恥ともせず意に介しない。当時の文学青年達の共通の気質ではあったが、それにしても一日一椀のラァメンだけで、二十四歳の若者の体力を満足させるはずはあるまい。

『中山、君はハムズンの『飢え』を読んだことがあるか。』

『新潮社の翻訳で読んだよ。暗すぎて厭《いや》になった。』

『あの中で主人公の貧しい青年が飢えにせまり、肉のちょっぴりついた牛の骨をかじったり、道路に落ちている釘《くぎ》を拾って舐《な》めたりするところがあるだろう。』

『あの作品は、ほとんどそんなところばかりではないか。』

『あれは作者自身の経験らしいよ。ハムズンは空腹にたまりかねて涙が出た時、その涙でパンという字を書くのだ。するとそれだけで、三日は我慢できたというね。作家はそれくらい豊富な想像力がなけりゃ駄目だね。中山、君はそう思わんか。』

横光は初音館のうす暗く寂しい一室で、私にむかい呟《ささや》くように語った時、肩で息をついていた。よくよく空腹にたえなかったと思われる。私にたった一度、少しの金をもとめたのは、あるいはその折だったかも知れない。」

としてそのような苦しい生活の中から『日輪』や『蠅』が生み出されたものであることを語っている。こういう苦痛や悲しみの中にあっても『日輪』はその匂いを少しもかがせることなく、絢爛《けんらん》をきわめている。また『蠅』にしても、飢えた寂しさなど感じさせず、誠に落ちついて人間の運命というものの不可思議さを語る。こういうことからもわかるのであろう。

「横光は食に飢えていても、希望には飢えていなかった。」

結婚　大正十二年六月、二十五歳になった横光はかねてからの愛人、小島勗《こじまつとむ》の妹君子《きみこ》、十七歳と結婚した。君子に愛を捧げて四年間、言うに言われぬ苦痛の日々であった。

小島勗は早稲田時代の友人で、横光に傾倒し、毎夜彼の談論をききにくる熱心な横光崇拝者の一人であった。長野県生まれの小島には母と、姉が一人、妹が三人いて、官吏であった父の死後一家はささやかな恩給に頼って、小石川春日町の裏通りにひっそりと暮らしていた。家族と離れている横光は自然小島家にも出入りするようになり、一番上の娘にほのかな愛を感じるようになった。しかし不幸にも肺を病《や》んで亡くなってしまったので、横光の愛は二番目の娘君子へとそそがれはじめた。君子は兄の勗に似て色は浅黒くやせ形であったが、素樸《そぼく》な感じのする好い娘で、まだ年は十四、五であったが、家計を助けるために省線の駅に出て切符売りをしていた。大正九年頃から、横光はこの君子を意識しだすようになったらしく、佐藤一英宛書簡などで、しきりに「可愛いい子だよ」と書いている。

しかしながら、一見、穏《おだ》やかだった友人間には社会思想派と芸術派という二つのグループができ、対立が生じた。小島勗は前者、横光は後者に属していた。特にこの二人の対立は激しく、小島は妹君子と横光との恋愛に反対していた。そういう思想上の立場からばかりでなく、小島には、すでに文壇に登場していた横光への競争心が人一倍強くあったせいもある。しかしそのために君子への愛がうすれることはまったくなく、かえって愛はつのる一方であった。小島に徴兵《ちょうへい》適齢がきて入営するようになると、また横光は足繁く君子の家に通った。大正十一年九月、父を失って一文無しになった横光は失意のどん底で、小島勗に長い手紙を書いた。その一部を引用する。

「此の手紙は幾度も書かうとした。しかし、その度に僕はひかへることにした。別にひかへる理由はないのだが、黙つてゐても、あるときが来れば僕の気持が判然とするだらうと思はれたから。しかし、今は、書かないと云ふことのためのみにでも、僕は益々《ますます》憂鬱《ゆううつ》に、そして落ちつきがなくなりつつあると云ふ状態だ。何もかも總《すべ》てのことがらを書かうとすれば恐らく千枚の長篇にはなるにちがひないのだが、しかし、今はここではさうは書けない。そのために、或ひは誤解をされないとも限らないとも思はれるが、しかし、どうぞ、怒るやうな所があつても、それは後からにして欲しい。そして僕の文字だけでも読んでもらひたい。何から書いていいか、とにかく僕はここでは嘘《うそ》を書かない。そのため、僕の思はぬ所で君に不愉快な所があるかも分らない。君が此の頃僕に不愉快を感じてゐる原因、それは俺にはよく分る。君の留守《るす》に君の家へ行くこと、これが第一の原因だと僕は思ふ。僕もそれをいけないことだと充分思つてゐる。しかし正直に云ふと、僕は君の留守にではなく、總ての人達の留守のときに、行きたい気持が張りつめてゐる。君は『俺を無視してゐる』と思つてゐるにちがひなく、さう思はざるを得ないのも充分分つてゐる。しかし、俺のあの行為は決して君を無視してゐるのではない。俺のやまれぬ心だ。俺は君に叱られれば勿《もち》論《ろん》、何の返答もなく頭を下げざるを得ない。けれども、俺の愛は四年の間、常にどうして一つの所にとどまつてゐることが出来るだらう。俺は諦《あきら》めに諦めて来た。しかし、それは、いくら諦めても漸次に深みへ前進して行く諦めかたにすぎなかつた。」

このように書きはじめてまだまだ長く続く。父が死んだ時、何の財産ものこされていないのを知って、一度はあきらめたものの、「あなたの不幸は私の不幸と同じ」だといわれて、ついに横光の愛情は爆発してしまう。けれども小島は一向に意をかえない。自尊心の高い横光がこんな手紙を書いたのはおそらく生涯にこの時限りであろう。

「何もかも一切は俺が悪いのだ、現在の状態では、間もなく俺は亡びるだらう。俺は恐怖を感じてゐる。俺を助けてくれるのはしつかりした一人の友人だ。どうぞ俺の欠陥《けっかん》を知つてくれ。そして俺を助けてくれ。」

「君と僕との和解は、恐らく、まだまだ十年はかかるやうに思はれる。しかし、僕は君のハートの中に正義心の強さを誰からよりも強く、いかなるときにも認めてゐた。僕は、君と僕との争ひを、非人格的なものにはしたくはなかつた。たゞエゴの強さの争ひであるやうに思はれる。しかし、僕は、君と僕との争ひの根本をなしてゐる君ちやんの問題については、君から多くの誤解を受けて来た。また、誤解を与へるやうな多くのことを僕はなして来た。僕は自分の行ひが、他から見て、君から見て、決して正しくいいものであつたとは思はないし、また、それを主張しようとしない。」

「僕は君にさからつたことが（議論以外に）さうなかつたと記憶する。絶えず非常な自尊心を傷つけてあやまつて来た。それはなぜか。それは僕の気持は君にはとても今でも分つてくれる筈がないと思つてゐたからであつた。君は僕にかう云つた。『君は僕から妹をむしり取るやうに奪つて行かうとするからだ。』と。しかし、これはよく考へてみてほしい。一体誰が、自分の友人から、その妹をむしり取るやうにして奪はうとするものか。しかし、誰が、他家の女性を愛し取らうとする場合、むしり取るやうにしないものがあるだらうか。僕はこの二つのなした条件を、一時にかねて君の前に立つたのだ。此の苦境は、なみ大抵の者では切り抜けて行くことが出来ないのは分りきつてゐるではないか。まして君、考へてみてくれ給へ。僕は非常にそれは不可思議なほど非常に君の妹を愛して来た。この感情を持つたものこそ、天下に於て不幸な者はなく、幸福なものはないと云ふことは、人間の歴史に於て絶えず示されてゐるのは分つてゐる。僕はその人間の一人になつた。此の人間に選ばれた者にとつて世の中の総《すべ》ての人間が邪魔になるものだ、といふことをもし君が知つてゐてくれたなら、僕はこれ程苦しみはしなかつたらう。」

一方、横光の母もこの結婚には賛成してくれず、京都のさる家の娘を気にいっていて写真まで取り寄せていた。姉の静子の説得でようやく納得はしたけれども、それでもまだ、小島君子の丙午《ひのえうま》生まれということが気になって仕方がなかった。

やがてこの母も、一緒に住むために上京して来るが、嫁と姑《しゅうと》とはなかなかうまくいかなかったようである。

震災のころ

大正十二、三年頃は日本の文学は大きく変転しつつあった。大正七年、第一次世界大戦によって勝利をしめた日本には、ヨーロッパから盛んに新しい文学理論が流入し、また、大正六年のロシア共産主義革命のえいきょうとして、マルクシズムの思想が流れこみ、世は混乱をきわめていた。

その大正十二年、九月一日正午頃、関東一帯は突然の大地震に見舞われた。関東大震災である。この時、神田の東京堂書店にいた横光は急いでおもてに出てみたが、すでに街は火の海と化していた。あわてて駿河《するが》台《だい》の方へにげていくと、途中で、ニコライ堂の方から出て来た尼僧の群れが、路上に輪をなしてひざまずいて祈り出した。その敬虔《けいけん》なる光景を目の前にして、ただ茫然としてしまうだけであったが、どうやら、命からがら春日町の方へ来ると師の菊池寛にばったり出会った。丘の上の菊池の家は無事であったが、横光の借家は二階建の家がひざを折ったように、階下だけつぶれていて、二階はそのまま残っていた。妻は無事であった。それからしばらくして、同じ小石川餌差町《えさしちょう》の裏長屋を借りて母を迎えた。その家は「六畳と三畳の見るもいぶせき裏店で、世帯道具とて何一つなかつたが、それでも若い妻は紅い手がらをかけた丸髷《まるまげ》を結つたりして世帯らしい気分を漂はせ」ていた。

翌十三年、東京の街は意外に早く立ち直りつつあった。六月、「種蒔く人」（大正十年創刊）の更生とみられた「文芸戦線」が創刊され、思想問題が文壇をとわず社会の中心になっていくと、従来の文学はおのずと姿をひそめていかざるを得なくなり、あらたに「文学行路の難さ」が認識されるようになった。そういった既成文学の行き詰まりに乗じて、菊池寛主宰の「文芸春秋」に集まっていた、横光らを中心とする若い新進の作家たちによって、十月、「文芸時代」が創刊され、ようやく、震災後の文壇は活気を取り戻してきた。

「文芸春秋」への一種の反逆とみられた「文芸時代」は、確かに既成の文壇に抗すべき気運を作り、新しい文学を叫んだが、この点においては、さきに創刊された「文芸戦線」とて同じことであった。したがって、旧文壇からの激しい罵倒《ばとう》は当然さけられなかったが、当時一高の学生だった高見順は、『昭和文学盛衰史』でその感激のさまを次のように書いている。

「ともあれ、私たちは、あの『文芸時代』の創刊号をどんなに眼を輝かして手にしたことか。本屋は大学前の郁文堂だつたと思う。四十銭であつた。私は『文芸時代』を買つて本屋を出るとすぐ開いて、歩きながら読んだ。ここに、私たち若い世代のかねて求めていた、渇えていた文学が、初めて現われた。そんな気持で『文芸時代』創刊号を迎えた。こうした感激を、私と同年輩の文学愛好者はひとしくその頃、味わつたのではなかろうか。」

千葉亀雄はこのグループを名付けて「新感覚派」と呼んだ。その創刊号に、

「文芸時代」創刊号表紙

「真昼である。特別急行列車は満員のまま全速力で馳けてゐた。沿線の小駅は石のやうに黙殺された。」

と始まるので有名な「頭ならびに腹」を発表した横光は、一《いち》も二《に》もなく新感覚派の驍将《ぎょうしょう》になって、活躍しはじめた。

この頃、東京市外中野上町二八〇二番地、畑中の一戸建で、まわりは生け垣で囲まれ、廊下の硝子《ガラス》戸ごしに庭もながめられるという、しょう洒《しゃ》な家に一家はひき移って住んでいたが、君子夫人の肺には病がつきはじめ、寝こむ日が多かった。けれども、

まだ誰も、肺病だとは思い得なかったのである。

無常の風

明けて大正十四年、「文芸時代」創刊によって、上昇の途上にあった横光は、一月二十七日、突然母小菊を失った。息子と一緒に暮らすために、老いた身でなれない東京に出てきたものの、ひまさえあれば樹々の間から、遠く故郷の空をながめてぼんやりとしていることの多かった母は、常に息子が「長い学生生活の資格から莫大《ばくだい》な金を攫《つか》み出すことを夢見」ていた。

「幼い頃、『無常の風が吹いて来ると人が死ぬ』と母は云つた。それから私は風が吹く度に無常の風ではないかと恐れ出した。私の家からは葬式が長い間出なかつた。それに、近頃になつて無常の風が私の家の中を吹き始めた。先づ、父が吹かれて死んだ。すると、母が死んだ。私は字が読める頃になると『無常』の風とは『無情』の風にちがひないと思ひ出した。所が『無情』は『無常』だと分ると、無常とは梵語《ぼんご》で輪廻《りんね》の意味だと云ふことも知り始めた。すればいづれ仏教の迷信的な説話にすぎないと高を括《くく》つて納まり出したのもその頃だ。その平安な期間が十年も続いて来た。もう私は無常の風が梵語であらうがなからうが全く恐くはなくなつてゐた。すると父が急に骨になつた。それから私は母を引きとつて郊外に住まつてゐた。母は隣家の主婦と垣根越しに新しい友情を結び出した。暇さへあれば彼女は額に手をあてて樹々の間から故郷の方を眺めてゐた。ある日、母は『アッ』と云つたまま死んでしまつた。一カ月たつた。隣家の主婦はもう垣根の傍に立たなくなつた。すると、彼女の家の人が来て『母は今朝、アッと云ふと鍋《なべ》を下げたまま死にました』と云つた。全く私の母と隣家の母とは同じ死に様をしたのである。それから私はまた無常の風が気になり出した。確にある。無常の風に吹きつけられると人の血管が破れるのにちがひないと思つた。」(「無常の風」)

ある日、中山義秀が訪ねて来て、茶の間の仏壇に飾ってある、横光の母の写真を見て、

「君のお母ァさんは、亡くなったそうだね。儂《おれ》は貧乏になったから、香典は出さないよ。」

というと、

「そんなことに気をつかってくれんでもよい。お袋はおやじの死んだ三年目に、おやじの側に行ったのだから、それはそれで本望だったわけさ。」

と答えて平然としていた。

今や、新人作家群の先頭に立ち、明日の文壇をになう旗手としての自覚が、母の死をものともしないほどの気魄《きはく》を横光に与えていたのであろう、と、当時を中山は回想していう。

三度目の不幸

大正十三年九月、中野郊外に引っ越した横光は、そこであくる十四年一月母を喪《うしな》い、さらにその翌十五年の夏には妻をも喪うこととなった。

「私はその家が自分の家になつてから、初めて良く家の中を見廻した。すると、私は急に、『いやだ。』と思つた。どうしてこの明るい家の中に、こんな暗さがあるのだらうと考へた。北側に一連の壁がある。こ

れだ。――しかし、私は間もなく周囲の庭に咲き乱れてゐるとりどりの花の色に迷ひ出した。外の色が、内の暗さを征服した。私は北に連なる頑固な壁を知らずしらずの間に頭の中から忘れ出した。

だが、秋が深くなると薔薇《ばら》が散つた。菊が枯れた。さうして、枯葉の積つた間から、漸く淋しげな山茶花《さざんか》がのぞき出すと、北に連つた一連の暗い壁が、俄然《がぜん》として勢力をもたげ出した。私はかぜを引き続けた。母が、『アツ』といつたまま死んでしまつた。すると、妻が母に代つて床についた。私の誇つてゐた門から登る花の小径は、氷を買ひに走る道となつた。

『どうも、この家は空気が悪い。古臭い空気がたまるのだ。家を変らう。家を。』

しかし、もうそのときには、妻の身体は絶対に動かすことが出来なかつた。さうして、再び、夏が私達の家にめぐつて来た。いちごは庭一面に新鮮な色を浮べ出した。桜桃が軒の垣根に連なつた。ぶどうは棚の上に房々と実り出した。だが、妻は日日床の中から私にいつた。

『私、ここの家を変りたい。ね、家をさがしてよ、私、もうここは嫌ひ。』」(「美しい家」)

この妻、君子の病は姉が死んだと同じ肺病であった。(小島の家は後に兄の勗《つとむ》も、また妹たちもみなこの病気で夭折した。)このため、横光はひき続いて病人の出る、この暗い中野の家をひきはらって、十四年の十月には、菊池寛に紹介された医師正木不如丘のすすめに従って、神奈川県葉山に転地し、もっぱら妻の看護に明け暮れした。「終日終夜氷を割り、三度の食事の拵《こしら》へをし、魚と醬油と、薬と味噌とを貰ひに出かけ」たりしていると、もうそれだけでぐったり疲れてしまい、原稿を書く力も失《う》せていった。けれども次第に増してくる病人の費用のためには、仕事をしなければならなかった。

「――それなら俺は、どうすれば良いのか。

――もうここらで俺もやられたい。さうしたら、俺はなに不足なく死んでみせる。

彼はさう思ふことも時々あつた。しかし、また彼は、此の生活の難局をいかにして切り抜けるか、その自分の手腕を一度はつきり見たくもあつた。彼は夜中起こされて妻の痛む腰を擦《さす》りながら、

『なほ、憂きことの積れかし、なほ憂きことの積れかし。』と呟くのが癖になつた。ふと彼はさう云ふ時、茫々とした青い羅沙《らしゃ》の上を、撞《つ》かれた球《たま》がひとり飄《ひょう》々として転《ころ》がつて行くのが目に浮かんだ。

――あれは俺の玉だ。しかし、あの俺の玉を、誰がこんなに出鱈目《でたらめ》に突いたのか。」（『春は馬車に乗つて』）

と、これにもみられるように、つぎつぎと、質を違えてはおそってくる苦痛の波を、今はもうさけようとはせず、正面から、あたれるだけあたっていってやろうと心構えるのだった。

そして、冬が去り、海辺にはまぶしい春が訪れた。妻はもう、絶対に動かすこともできなくなり、毎日、横光が苦労してさがしてくる新鮮な魚の臓物ものどに通らなくなり、もはや、死を待つ不思議な生き物としかうつらなくなった。しきりに「早く死にたい」と、くりかえしてはすすり泣き、

「あたしの骨はどこへ行くんでせう。」と、気にしはじめた。

六月二十四日、とうとう死がやってきた。妻の面上に刻々と現われてくる死の鮮麗《せんれい》さに、横光はとりつかれたようにみいっていた。

大正十二年の六月結婚してから、ちょうど三年、可憐《かれん》で、才気に満ちていた君子は、二十歳という短命でこの世を去った。東京に戻っても家のない横光は、当時麴町《こうじ》町の有島邸にあった文芸春秋社の一室を借りて、美しい花と文学と、多くの知友によって、厚く妻を葬った。横光の意志による、完全なる無宗教葬儀であった。——文学はいかなる宗教よりもはるかに美しかった。

葬儀がおわると、横光は一時妻の実家で暮らしていたが、次の妹をもらってくれないかという義母の申し出を断って、手拭一本ぶらさげたまま、小島家をとび出し、文芸春秋社の一室を借りて住んだ。そこで、愛すべき妻の病と死とを綴る。『春は馬車に乗って』であった。これが八月号の「女性」誌上に載ると、その良人のかくも美しき心根の故に、この作品は意想外な感動を呼びおこして、「名作」と騒がれた。

この類の一連の病妻物語には、他の横光の作品にはあまりみられなかった、美しい抒情性が相当みられ、今日読みかえしてみても、新鮮なあたたかさを失っていない。「慄《ふる》へる薔薇《ばら》」、「妻」、「蛾はどこにでもゐる」「花園の思想」などといったものがある。

前途洋々

再婚

「うんうん云つて、あの重たい愛をひつぱり歩」いていた彼も、ようやく、それから解放され、またもとのひとりみにかえったわけであるが、妻を失った男の境涯には、一層女をひきつけるものがあるそうである。

種々の苦痛から、元気を取りもどしつゝある横光に、当時菊池のもとにあつまっていた文学女性、小里文子が近づいてきた。彼女は「松本市長の娘、女子大出の才媛で、眼の大きな華奢《きやしや》な体つきをした傑《すぐ》れた美人であつた。文章も書き、アルトの歌が上手で、頗《すこぶ》る近代的な女性だつた」が、異常なほどの性格の持ち主で、その頃すでに肺病にかかっていた。『計算した女』にこの女性の一面が次のように描写されている。

「『あなたは、勝ち負けを計算してゐる男には、犬の声を聞きつけるより敏感だ。』

『ええ、さう。』とお桂は云った。

『君は悲しみと云ふものを知らないね。』

『ええ、さう、私、悲しみなんて、そんなものを感じるのは、自分に対する恥辱だと思つてゐるの。』

『しかし、君は、喜びも感じたことはないでせう。』

『ええ、私、そんなもの知らないわ。』

『さうして君は、ただ淋しさだけを食つてゐるんだ。君は、君を愛して来た男の名前の上へ軽蔑した印《しるし》の丸《まる》を打つて生きてゐる。』

『ええ、さうよ。私、丸《まる》を打つて生きてるの。』

『僕の頭の上には、半丸《はんまる》もつけかけてゐるんでせう？』

『いいえ、あなたには、私は丸《まる》を打てないの。』

『そりや、さうらしい。僕は、君に逢つてから、君に今迄見て来た馬鹿な女の美しさが、はつきり分つて来たからね。』

『私は、馬鹿な女と結婚してゐる男を見ると、馬鹿にするの。』

『所が、僕は、賢い女と結婚してゐる男を見ると、馬鹿馬鹿しさが良く分る。だいたい、女が賢いと云ふことは、不幸だと云ふ証明だ。君のやうな賢い女は、四十過ぎの禿茶瓶《はげちやびん》と結婚して、金でもばらばら振り撒《ま》いてゐるのが相当です。』

『ええ、さう、私、此の間からさう思つて考へてるの。あの禿茶瓶と並んでゐるのは、風流でいいものね。』

彼女は、自分が負けただけ、その負かした男に愛を感じるタイプの女であつた。そうして、ずるずるとその女の看病をしながら、奇妙な二カ月間がすぎると、ある朝、

「御機嫌よう。私は昨夜の雨と風とのために、また熱を出しました。あなたに頂《いただ》いた私の健康は、お返しします。お受けとり下さい。」

という、置手紙をしたまま彼のもとから去ってしまった。

そのことがあってから、しばらく、彼は恋愛を軽蔑していた。すると今度は、女子美出の、気品のある、あたかも紫の藤の花を思わせる女性が現われた。彼女は山形県鶴岡市の士族日向豊作の長女で、千代子とい い、八年間も横光の書き物を読み続けてきたという、非常な横光崇拝者で、話していると、言葉より眼の方が早く動き、年の割に人を見詰める賎《いや》しさがなく、どこか、広々とした屋敷の内で、誰にも会わず、自由に遊び暮らしてきた、という感じのする娘であった。

「父は、私の云うことを何でも聞いてくれますの。」

という、その顔には、富貴な、柔らかな悲しみが漂っていた。

横光も、この女性にはついに動かされ、昭和二年二月、菊池寛の媒妁によって、上野の精養軒で結婚式をあげた。この時、はじめて菊池から金を借りた。鎌倉に新婚旅行に出かけると、そこのホテルで、原稿を書きに来ていた佐佐木茂索と偶然に出会い、高島田姿の千代子夫人を連れて行くと、佐佐木はただあっけにとられて茫然としていたという。

この年の三月には同人二十数名で、雑誌「手帖」を創刊し、横光はその創刊号に「作文」という随筆を書いた。

「これから毎日、私は朝日を待たう。夜は華やかな衣を着して微笑を含み、正午《ひる》は昂然として窓を開かう。貧困は思ふまじ。淋しければ、ただ端座して美しき友情を思ふが良い。花あれば花を愛して日々に顔を洗ひ、歎きあれば息を潜めて春と秋とを待つてゐよう。されば月と風よ、漫然と来るべし。もしわれに侘しき影のさすことあれば、高きホテルの頂上に安臥せしめて健かな建築の展望を赦《ゆる》すべし。」と、宮沢賢治のような文章を書いているが、新妻を迎えた幸福な心境をよく反映している。

十一月三日、男の子誕生。象三と命名す。この時、横光は二十九歳、千代子夫人は二十五歳であった。

上海へ

昭和二年七月、芥川龍之介が死んだ。文学というものが、まだ社会の特殊地帯のものであった当時、この芥川自殺の報道は、文壇以外にも強い衝撃を与え、大正期文学に終止符を打ち、新しい、昭和文学の到来を実質的に告げるものとなった。世の知識人たちは、「ぼんやりした不安」と、あいまいな言葉をのこして死した芥川の上に、時代と文学との底知れぬ不安、そして未知への期待といったものを感じて、暗澹《あんたん》の思いを抱いていた。

横光もその一人であった。

「芥川龍之介はわれわれの意識の上に、穴を開けた。われわれはこの穴の周囲を廻りながら、彼の穴の深さを覗き込んだ。しかし、われわれは何を見たか。私は自分の口の開いてゐたのに気付いただけだ。穴の傍で——次に私は笑ひ出した。」(「控へ目な感想」)

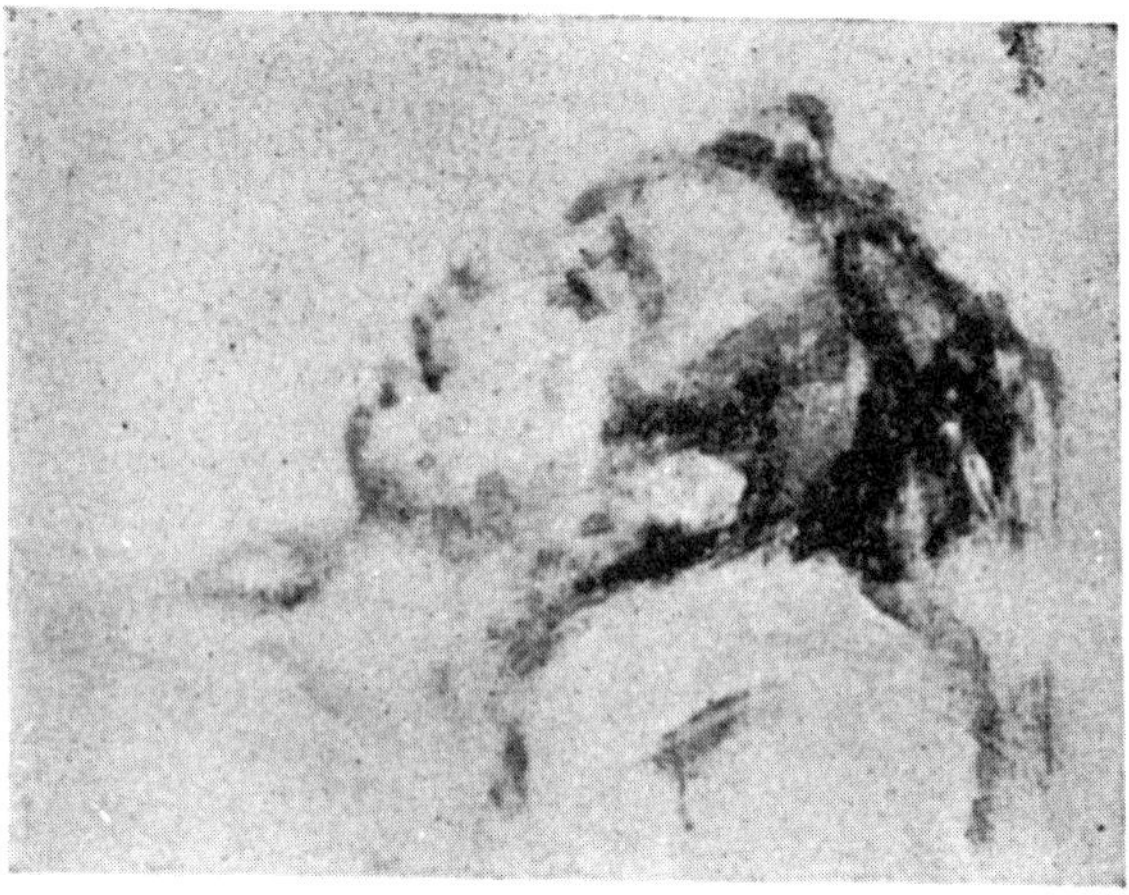

芥川龍之介の死の姿

として、自分たち、生き残った者の敗北を悟って、苦痛の笑いを笑った時、彼の頭に鮮明に浮かび上って来たものは、

「君は上海を見ておかねばいけない」

と、生前の芥川がもらした言葉であった。

大正十年、芥川が訪れたときの上海はまだ清朝の長い歴史から目覚めきってはいなかった。が、革命前夜の重苦しい空気はすでにみなぎっており、あちらこちらで、悲惨な民衆の叫び声が始まっていたのである。そういう中国を刻明に見て帰った芥川が、芸術派の立場で苦闘する横光に、

「上海を見て来い」

とすすめたのは、横光の作家としての力量を感じ取ってのことであろうか。その頃の日本の文壇を説明して、伊藤整は次のように書いている。

「昭和二年に芥川龍之介が死んでから後、それまで芥川と谷崎潤一郎と佐藤春夫との間に保たれているように見えた大正期の純文学の理論的中心は崩れ去つた。志賀直

哉は大正の末年から昭和初年にかけて全く創作の筆を絶ち、奈良に住んでいた。佐藤春夫は新しい文学の理解者創始者としての第一線を退いた。ただ谷崎潤一郎のみは、この時期横光と並んで『改造』に『卍《まんじ》』を発表していたが、谷崎もまた大震災以後は、関西に居を移して新しい文壇との接触が絶えていた。それ故昭和初年代には、横光利一はほとんど文壇の中心的な存在となつていた。」（『作家論』）

そして、昭和三年四月、支那大陸旅行に出発したが、一カ月余り上海にとどまっただけで帰朝した。彼の見た上海は「南京政府という形で蔣介石が独裁を樹立したあと一年の上海」であり、芥川のみた上海とはまるで違っていた。けれどもその激しい革命後の上海の動勢は、強く横光の心を捕えて、新感覚派以来、自分の文学に行き詰りを感じていた彼に、明らかに転機をもたらす結果となった。

この年十一月、上海に遊んだ印象と調査をもとに「或る長篇」（『上海』）の第一篇「風呂と銀行」を「改造」に発表した。また、同月、世田谷区北沢二の一四五に新居を建て、以後ここに永住した。犬養健がこの家を「雨過山房」と名づけた。

一大転機

「ブルジョア文学を撲滅《ぼくめつ》しろ」とか、「ブルジョア作家は抹殺《まっさつ》しろ」などと叫ばれて、昭和初年代、横光利一はプロレタリア文学側から目茶苦茶に罵倒されていた。

「国語との不逞《ふてい》極る血戦時代」と、自ら名づけて、国語を縦横に駆使することに精力を注いでいた新感覚派以来の横光の眼前に、今、マルキストたちは大きな敵として現われてきた。彼はこれら敵の理論に反駁《はんばく》して「新感覚派とコンミニズム文学」「唯物論的文学論について」「愛嬌とマルキシズムについて」などを発表していたが、内心では彼らの勢力が文壇制覇することを極度に畏《おそ》れていた。

けれども、マルキシズムを決して頭から否定してかかったのではない。彼は数え年「十九のときから、三十一まで、十二年間」もマルクスの思想に悩まされてきた。確かにマルクスは彼の「文学的生涯の半生を虐《いじ》めに虐めた」のである。従って彼は自分を人間学を中心としたマルキストだと思っていたが、芸術上、マルキシズムのイデオロギーと文学のイデオロギーとは、どうあっても相容れないものだと確信していた。だが「マルキシズムへはだんだん魅力が増すばかり」であった。

そして、昭和二年の芥川の死が、横光を虚無の方向へと引きずっていった時、彼はポール＝バレリー*の『ダ・ヴィンチ方法論序説』を読んで、その感激の様を藤沢桓夫《たけお》**に宛てて書いた。

* 一八七一—一九四五　フランスの詩人、評論家
** 一九〇四—　作家、同人雑誌「辻馬車」発行

昭和２年６月、東北講演旅行のとき。左より菊池寛、川端康成、片岡鉄兵、横光利一、池谷信三郎

「天下にこんな豪《えら》い男がゐたのかと思ひ、一切、筆を捨てたくなつた。左はマルクス、文学に於てはバレリー、相場、ここ暫く狂ふためし絶対になし。君がもし、バレリーの方法論序説を読んだなら、その時、ひとつ、論じたい。僕はこれ一つで四五年間の飛躍をしたのは事実である。

（中略）

僕は此のバレリーの理論を粉砕するため、日々食慾がへつてゆく。彼から抜け出るためには、数学を疑つてかからねばならぬ。いかにして数学を疑ふかと言ふ緒を見つけるためには、現実性の解剖をしなければならぬ。

（中略）

虚無とは、われわれの考へてゐたものではない。虚無とは自身と客観との比重を物理的に認識した境遇に於ける自意識だ。この自意識の現れは、ただ今迄の文学に於ては、ポール・バレリーに現れてゐただけに過ぎぬ。世界の今迄の文学者の総《すべ》ては、夢を見て死んだに過ぎぬ。そこで、僕は悪魔バレリーといかにして戦つてゐるかと言ふことが、君には想像して貰へるにちがひない。僕は三十二にして眼が醒め出した。大きな受難が此の次に来るだらう。目下僕は理論を造る頭そのものとの格闘から開始しなければならぬ。恐らく、それは狂人になることであらう。ドストエフスキーはここを十年間通つた。僕は田舎へ引込みたい。もう書く元気がないのだ。ただ子供の前で顔をしかめて笑はせてゐるだけだ。阿呆——僕は自分を阿呆だと思ふ。虚栄心に満足して墜落しかけたことを、後悔して良いのかどうか、それも分らぬ。阿呆にちがひないではないか。しかしそれにも拘らず何故にガウマンなのか。僕はガウマンに対しての認識の波が極めて薄弱な根拠を持つてゐるだけにすぎぬと知る。マルキシズム、僕はこれには降参するより仕方がない。」

そして、しきりと理論展開を繰り返しているマルキストたちに、

「まあ、勝手に演説をやつてくれ給へ。その中にたつた一つ、死ぬことだけは、絶対に明瞭なことなのだ。」（「沈黙と饒舌」昭和三年三月）

と言い残して、上海へ旅立った横光であった。してみれば、上海行は当然、若さや覇気《はき》で闘っていた過去への清算の意味をも持ったであろう。

そうして、「自分の住む惨《みじ》めな東洋を一度知つてみたいと思ふ子供つぽい気持」から『上海』が書かれたのであるが、この作品を最後に、横光はその専売特許ともいえる「特別急行列車は満員のまま全速力で馳けてゐた。沿線の小駅は石のやうに黙殺された」調の、いわゆる直訳体的というか、擬人法的というかするところの、飛躍の多い文体を突然やめて、昭和五年、心理の綾《あや》を織りなしたような、くねくねした「改行のほとんど無い」小説を発表した。「改造」九月号に載った「機械」である。

その年五月、痔病のため約二ヵ月間の病院生活を送った後、八月、妻子を伴って山形県の由良海岸に一ヵ月間ほど滞在した。「機械」はこの地で脱稿されたものである。

驚くべき変化であった。発表されるとすぐにその頃、同じく既成リアリズム反対を叫びながら、マルクス

主義文学に拮抗していた小林秀雄が礼賛して、

「この作品の手法は新しい。併《しか》しそれは全々新しいのだ。類例などは日本にも外国にもありはしない。」

と、異常なほどの評価を下した。また続けて、

「『蟻、台上に飢えて月高し』。長い道であつた。『機械』の輝きはこの長い道の輝きに外ならぬ。」

「『機械』は世人の語彙《ごい》にはない倫理書だ。本屋に売つてゐない作家心得だ。」

とも評した。

一方、無二の親友、川端康成はこの作品の成功のかげに、

「私たちの間には一切が明瞭に分つてゐるかの如き見えざる機械が絶えず私たちを計つ

昭和5年、妻千代子と象三とともに

てゐてその計つたままに私たちを押し進めてくれてゐるのである。」(『機械』)と、書かねばならなかった人間の深い不幸を感じていた。

とにもかくにも、文壇を震撼《しんかん》させる力を持って出現したこの作品を、戦後になって伊藤整は次のように回想している。

「私は牛込の電車道を歩きながら買つたばかりの雑誌で『機械』を読み出した時、息が詰まるような強い印象を受けた。(中略)あの新感覚派流の印象を跳《は》ね飛びながら追う『上海』までの手法を突然彼はやめ、柔軟な、谷川徹三の所謂《いわゆる》『唐草模様』的連想方法を使い、文体も切れ目なく続いて改行のほとんど無い、字のぎつしりつまつた形になつていた。卒直に言えば、堀*も私もやろうとしてまだ力が足りなかつたうちに、この強引な先輩作家は、少くとも日本文で可能な一つの型を作つてしまつた、という感じであつた。」

『機械』の栄光は、これまでの横光の労苦に支払われた正当なる報酬であった。しかしながら、これら栄光の蔭には、川端や小林の感じ取った「不幸の計画」が厳然と横たわっていたのである。後年、この友人たちの予感は余りにもはっきりと的中してしまった感があり、まさに栄光と不幸との紙一重の一大転機であったといわざるを得ない。

もはやしりごみすることは許されない。

＊辰雄を指す

POSE「文学の神様」

この空前の大傑作をみた「軽薄な文学青年や、愚劣なジアナリズム」は、新しい文学の創造者として横光を志賀直哉以来の「文学の神様」視するようになった。だが、そのことは彼にとって非常な重荷となり、ますます作家としてのポーズ（POSE　姿勢、気取り）を崩《くず》し難くしてしまった。

大正十三年のことに戻るが、その頃、一高の学生だった高見順が「不二家」で初めて横光を見た印象を、

「……友人とコーヒーを飲もうと『不二家』の前に行つて、

『あ……』

と、足をとめた。足がすくんだという方が、ほんとうか。

入口から見える、すぐのテーブルに――ライオンみたいな蓬髪にソフト帽子を無雑作にのせた男が、ステッキに肘《ひじ》を当て、右肩を傲然《ごうぜん》と聳《そび》えさせている。唇をへの字に結んで、街路を（すなわち、私たちの方を）はたと睨んでいる。

『横光利一だ』」（『昭和文学盛衰史』）

と記して、「ほんとに輝かしい、いや、いや、強烈な光をいきなり当てられたおもいだつた」と回想している。

作家のポーズというものは、大正から昭和にかけて、文壇内部の一つの風潮でもあったが、横光のものにはどことなく芥川あたりから受け継がれている「文壇的な、あまりに文壇的な」ものがあり、そのため反発

を受けることもあった。けれども横光のそういう傲然《ごうぜん》とした態度は生来からのもので、そこには一種の「悲壮感」が漂っており、それが多くの文学青年を魅了してしまっていた。

　何事にも彼はポーズを崩《くず》さなかった。改造社長の山本実彦が「横光の講演は文壇随一だ」と言って、たびたび講演を頼んだというが、確かに講演の際の、計算されつくした自信に満ちた独断、たとえば、

「偶然とは必然である」

「片岡の作品は結論の直線である」

とかいったふうな、説明を加えない開口一番の独断は、聴衆を煙に巻いて、呆然とその講演に引っ張り込む力を持っていた。

　また、一つの挿話であるが、「死を目前にした芥川龍之介が、もっとも心にかけていた青年文学者」堀辰雄（昭和四年の東京帝大文科卒業論文に「芥川龍之介論」を書いている）は、昭和の初め頃、「ルウベンスの偽画」や「不器用な天使」「聖家族」などを発表して、新進作家としての地位を持つようになっていた。これより以前、昭和四年十月、横光は川端康成や犬養健、深田久弥など数名と共に、同人雑誌「文学」を創刊していた。堀辰雄もこの同人で、当時、墨田区向島の新小梅町水戸屋敷裏に住んでいた。横光はこの若輩の堀を昭和七年になって初めて訪問し、そのことを成田中学の嘱託《しょくたく》講師をしていた友人の中山義秀に次のように話した。

「僕はこの間、はじめて堀の家へ行ってみたよ。あの辺りは、なかなか好いところだね。」

「そうですか。僕はもっと前から、お互にゆききしていることと思っていた。」

「いや初めてだ。僕は相手の声価がきまらないかぎり、人を訪問したりはしない。」

これを聞いた中山は「その言葉の裏をかえすと、彼の訪問によって相手は、文壇にでた事実を証明されたことになる」と、受けとったが、それを決して名声に酔った人の豪語とも、また思い上がりとも感じないで、いよいよ横光のポーズに刺激されて「本腰になって文学のことを考えるようになった」と自伝的の『台上の月』で書いている。

そういうポーズの内に、横光は自己の文学的苦悩をすべて押し隠そうと努力していた。

不安

自殺をするか、狂人になるか、宗教に頼るか――芥川死後の横光の不安がこの三つのうちのいずれかによって解決されなければならないとすると、

「生活とは気取りである。自殺は気取りを征服した瞬間に於て始まるのだ。芸術者は何人と雖《いえど》も絶えず見えざる敵と闘争し続けてゐるにちがひない。見えざる敵とは、自殺である。気取りとは、自殺に対する反抗である。」(「控へ目な感想」)

と書いている横光には、自殺の可能性は薄い。では狂人か、というに、前記の引用文の前に「気取らずに生き得られた者は、狂人以外に曾《かつ》てあつたか」として、「気取り」と「狂人」とを正反対に考えているところから測っても、「気取りや」の横光では狂人になれそうもない。残されるのは、宗教的諦観《ていかん》ばかりである。

昭和五年、「肝臓と神について」の中で、

「……いつたい私の名前は人々が私だと云ふから、私が私だと思ひ出し、人々の思つてゐる私が、いつの間にやら私の中の私になつたりしてゐるのだ。私は極力人の思つてゐる私から逃げようと思ひたがる。すると、人々は私には分らない古くさい私を頭の中にひつさげて私の名を追つ馳け廻す。新しい私がいたる所で古くさい私とぶつかる。私はその度ににやりとする。本屋へ飛び込む。すると、棚の中に私がしよんぼりと並んでゐる。私は寒気を感じて飛び出て来る。思ふに私の一生は私を蹴飛ばすことばかり考へてゐる一生にちがひない。時に何か私なりに私を持たうと思ふことがある。が、持つたら最後だ。私は持ちかけたものは即刻捨てることばかり考へねばならぬのだ。そこで、私は私の価値を考へる。何が価値かと。すると私はいかにして私を投げ捨てるかと云ふことが——私は今に医者が骨格を変形させる時代が来ると思ふ。これさへ来れば、人々は完全に日々自分を捨て去ることが出来るのだ。これほどの幸福がまたとあらうか。しかし、これほどの不幸はまたとあらうか。とにかく、それはどちらであらうと私は神様だけは捨て去ることは出来ない。私の持つてるもの、私のしがみつくことの出来る唯一の神様。——これだけは、マルキストがいかに笑はうとも駄目だ。（中略）私の神を信じるのは、唯心論からではない。メカニズムからだ。（中略）私が文章を書くのは、何か理由があるからにちがひないと思つてゐる。少くとも、読者の頭を幾分馬鹿な方へ進めていく。人間は馬鹿になるに限る。私は十三年間神さまとは何んであらうと考へ続けた。が、漸《やうや》く此の頃馬鹿にして貰つた。馬鹿になれば、もう一と一とが何ぜ二になるのか考へ

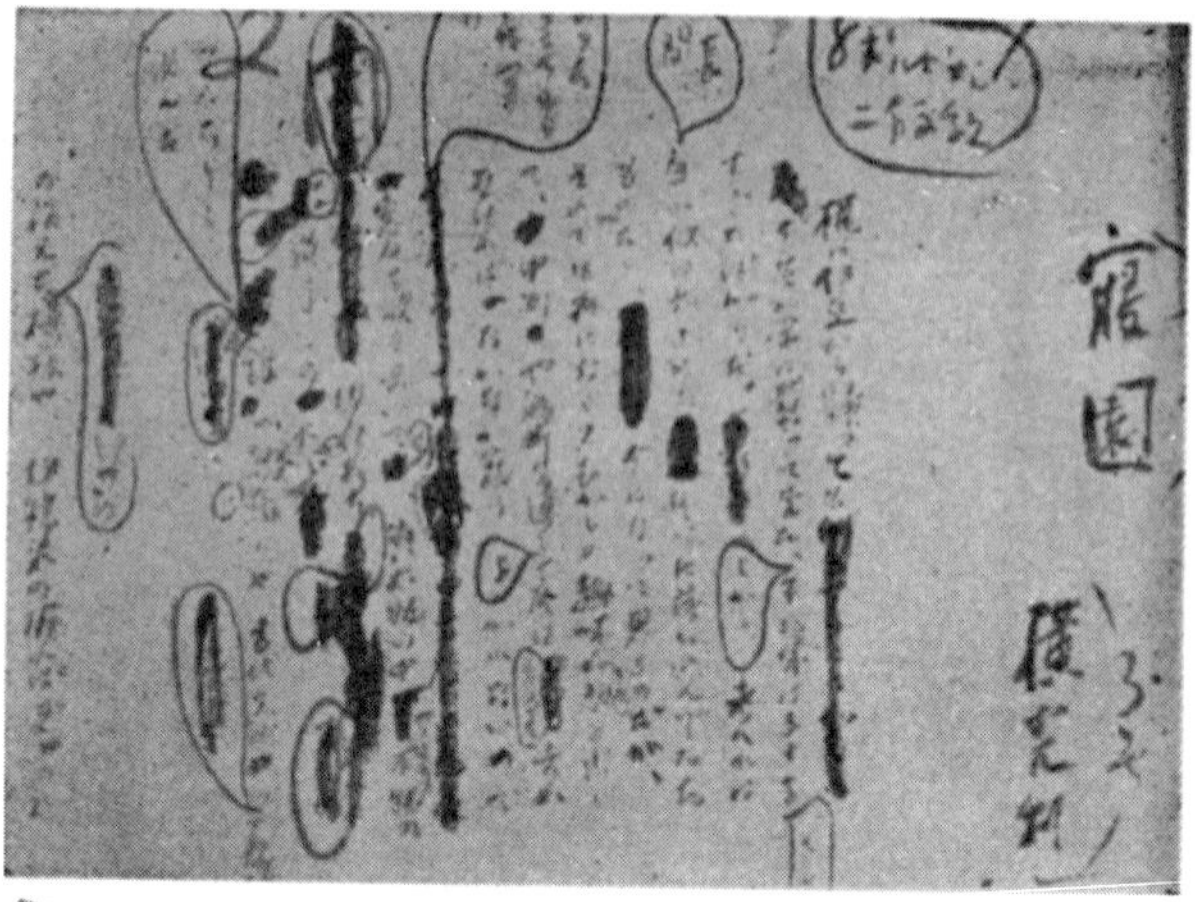

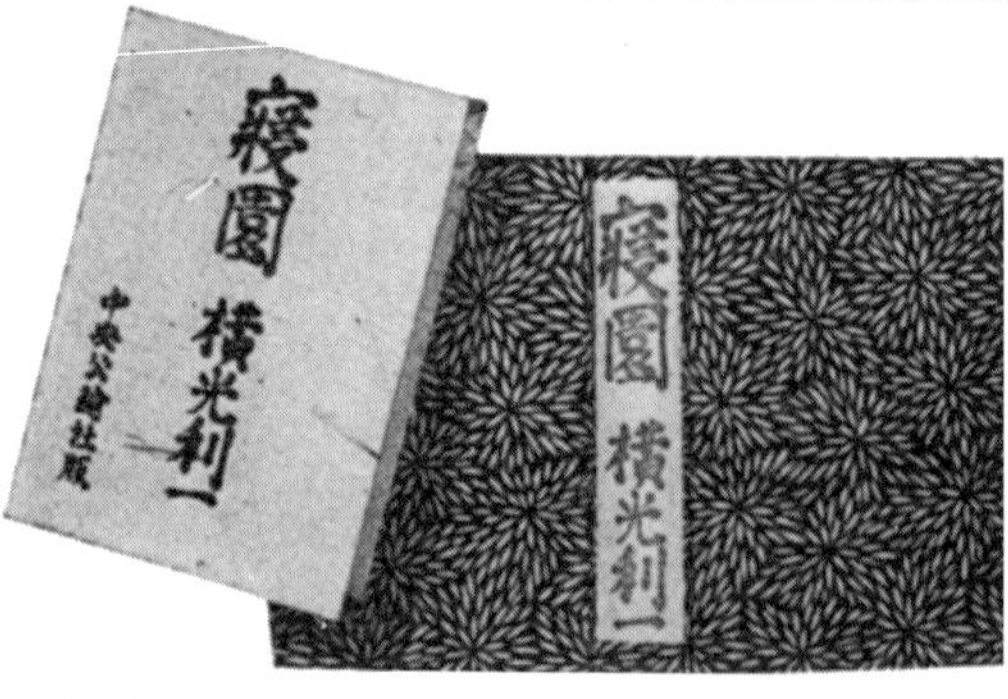

上『寝園』の原稿　下『寝園』の表紙

る必要はない。一と一とは二で、二と二は四だ。それ以外は間違つてゐるのである。私の文章もたとひ間違つてゐるとしても間違つたことに於て正しいのだ。」

と記しているが、『機械』の発表と前後して、横光は「私」という、ほかならぬ一人称の意識に非常な不安を抱くようになった。それが見せかけから出発したものであるか、あるいは、はじめから本物の不安であったか、その真偽のほどはわからないけれども、昭和六年、満洲事変がひきおこされて、軍部の勢力が次第に拡大されていく一方、それに圧されたプロレタリア文学が衰滅の一途をたどっていかねばならぬような情勢のもとで、横光の「私」への不安は、たとえ見せかけから出発しているものとしても、いつの間にか本物の不安になりすましていたのである。
そして『寝園』を先頭に『花花』『雅歌』『紋章』『盛装』『天使』と、中期の長編、または中編が書き継がれていくが、これらに取り扱われた問題も、つきつめれば存在不安定な「私」の問題であった。

昭和十年前後

「私は今年から長生きをする方法を勉強したいと思つてゐる。思ひ切り生命に意地汚なくなつて、潔癖《けっぺき》といふやうなことは、ひと先づ尻眼にかけてみたい。」

昭和九年の「覚書」でこう書いた横光は、前年、古賀龍視、小島勗、門田健吾、嘉村礒多、池谷信三郎という五人の友人の死に出会っていた。この昭和八年から九年にかけてはほかに、佐々木俊郎、佐々木味津三、小林多喜二、堺利彦、宮沢賢治、直木三十五などといった作家や詩人がおおぜい亡くなっている。その中でも小島勗は先妻君子の兄であったが、

「軍隊から帰ってきてから、彼の人柄が一変した。彼のみえ坊と自信過剰がかさなりあって、彼をあたたか味のない、親しみにくい人間にした。」(『台上の月』)

と中山義秀が書いているように、その変化と左傾があいまって横光との仲は疎縁になっていた。したがって小島の死を聞いても横光は葬儀にも参列しなかった。中山もまた、小島のやり方にはあまり好感を抱いていなかったが、彼はそれでも葬式にだけは行って、その葬儀の様子を「いかにも荒涼としてもの寂しい、葬い

だった」と回想している。

小島の葬儀には行かなかったけれども、横光は、特に旧友などに対して情誼《じょうぎ》の厚い人で、こんな話がある。早稲田を卒業した中山が三重県の津に英語教師として赴任《ふにん》する時、中山の手を握りながら、

「中山、教師がいやになったら東京へ帰って来いよ。」

「うん、きっと帰って来る。」

といって別れた。その中山が文字通り教師をやめ作家を志して東京に戻ってきた時、横光は既《すで》に流行作家となっていた。中山が苦難の末、昭和十三年、「厚物咲《あつものざき》」で芥川賞をとった時、皮肉にも横光はその審査員の一人であった。審査が行なわれている最中、横光は一言も発せずにいた。すると久米正雄が、

「横光君は中山君の作品についてどう思うの？」

と聞いたので、その時、横光は即座に、

「中山に決まれば、こんな嬉しいことはあり

中山義秀（昭和27年、自宅にて）

ません。」

と一語言った。そして直ぐに中山に決まったわけであるが、その祝賀会の席上で、

「中山は今頃芥川賞をとるような男ではない。彼はとうの昔に立派な作家になっていた筈であった。」

と、中山を激励して言った。するとそれにこたえて中山は横光の手をとって泣いた。二人とも泣いていた。このため満場感動して、この美しい友情にみなもらい泣きしたといわれる。

昭和九年頃、横光は既《すで》に二児の親となっていて、名作を書くことだけが人生ではないと思うようになっていた。彼は「優れた作品を書いて早く死んでしまふことを軽蔑する気になつてゐた」のである。そして、

「私の一番好きなもの、かういふやうな題が出ると、人はひやかしながら、私にはお前は文学だらうといふ。一にも文学、二にも文学といふやうに人はいふが、しかし、私にいはせれば恐らく一番嫌ひなものは、私は文学だと云ひたい。これも文学を嫌ひだといへるほどの年齢や経験にも、私はまだ達してゐないが、それでも正直なことを云へば、文学が好きだと云ひ切れる人は、必ず非常に幸福な人にちがひない。しかし、このごろは、嫌ひだからこそ文学をやるのだと、逆にまた私は私で云へるやうになつて来た。今から十年ほど前は、文学も暢気《のんき》で、身を打ち込んでゐれば楽しさが自然に出て来る時代であつたが、今はさうはいかなくなつた。」

と、さきの「覚書」で記している。

横光は文学の道というものを「苦難の道」「棘《いばら》の道」と規定して、ただ「誠実」だけをもって突き進んで

行くべきだ、そして「つきつめた思索からのみいいものは生れる」と考えていた。この頃、頭にあった「純文学にして通俗小説」、すなわち「純粋小説」の理論もこの「つきつめた思索」の賜物であったといえる。

昭和十年七月には、前年発表した『紋章』が第一回文芸懇話会賞を受けた。「文芸懇話会」とは文学統制をめざす「文芸院」が変形したもので、元警保局長、松本学のキモ入りで設置された。この第一回の受賞には、ほかに室生犀星の『あにいもうと』がある。一方、「十日会」が発足した。これは横光を中心に、石塚友二、菊岡久利らが幹事になって、その友人や後輩たちが赤坂の山の茶屋で句会を主に集まる会であった。毎月一回催されて、初めの間は出席者は二、三十人に及び、会が終わるとおおぜいして銀座に押しかけてきた。

そして八月、「家族会議」が「東京日日新聞」と「大阪毎日新聞」とに連載され始めた。この小説は「文芸春秋」四月号に載った、「純文学にして通俗小説」としての「純粋小説論」を新聞小説として実践したものとなった。

また、当時、東銀座出雲橋ぎわに「長谷川《はせがわ》」という小料理屋があった。ここのおかみさんは長谷川湖代といって、久保田万太郎の俳句の弟子だったため、ここにはよく文芸春秋や文学界一派が集まっていて、作家の顔を見たければ長谷川で、とまで言われていた。横光も、あまり酒は飲めない方であったが、よく出入りして後輩作家たちの酒の上でのカラミ合いなどを黙って傍観し、時々短い言葉をはさんでいた。そして昭和十年も終わる頃になると、明くる年二月の外遊が決定され、横光の様子は何となく弱々しく変わっていった。彼は毎夜銀座に現われて、飲めもしないのに夜半過ぎまで誰れかれということなく酒場を引き連れて歩

いた。ある時、黙々として寂しそうに、

「僕は実は、外国へなぞ行きたくないのだ。しかし皆、行け行けと勧めるンでねい」と、中山義秀に言った。それに対して中山は次のように書いている。

「横光が、外国行きをのぞまないと人に洩らしているのは、決して彼のてらいでも負け惜しみでもなく、衷心気《ちゆうしん》のすすまぬものがあるらしかった。彼の不精《ぶしよう》や億劫《おつくう》がりや健康上の理由ではなく、自分は日本の文壇から追っ払われようとしている、そんな予感がしていたからではなかったろうか。

横光は当時、文壇を独走していた。彼の書くものは創作であれ評論、感想の類であれ、諸誌からひっぱりだこにされ、それ等が発表されると忽ち《たちま》衆評の的となり、すこし誇張した云い方をすれば、他の諸作家はあれども無きがごとき現象であった。」(『台上の月』)

欧州旅行

昭和十一年一月、横光は東京日日新聞・大阪毎日新聞の社友となり、同時に両新聞は横光の外遊の予告記事を大きく発表した。

発つ人・送る人

あちこちで送別会が行なわれた。

ある日の夕方、中野重治は、送別会が終わって八、九人連れだって銀座を歩いている横光に偶然出会った。横光はわるい顔色をしていて、

「孤影悄然《こえいしょうぜん》というと大袈裟《おおげさ》になるがとにかくそんな様子をしていた。私自身も孤影悄然としていた。実際横光は銀座のまん中で――裏側だつたかも知れないが――山奥から出てきた大きな山猿のように寂しく見えていた。」（中野重治「あいまいな記憶」）

と回想している。

確かに外遊を前にして、横光は往年の元気を失い、しょんぼりすることが多くなっていた。身体の調子もあまり好くはなく、胃を弱くしていたし、また、出発頃には風邪もひいていた。藤沢桓夫《たけお》に宛てた書翰などみると、

「いよいよ、不思議な港へ行けます。新感覚派がもう一度、僕には来るのです。つひにはパリだ。パリへ行けば死んでも良いと思ふさうだが、一度、そんな眼にでも逢はぬと、長年の辛抱、何の役にも立たぬ。われわれの辛抱の末は、外国へ行く事です。これ以外に、何があるか。帰れば帰つたで、まアどうにかなるでせう。」

とあり、一見誰もがみるような夢にも似たあこがれが漂っていそうであるが、渡欧前のはなやいだ気分など微塵《みじん》もない。あるのは、変貌の渦中にある日本の文壇を離れなければならない、という悲愴な覚悟のみである。

出発直前にはパリの城戸又一に宛てて、

「今日北川冬彦氏が来られ、あなたとお友達の由言はれましたので、たいへん心丈夫に思ひまして、御迷惑おかけしやすくなりました。何分向ふには誰も知人がゐないものですから、どうして良いやらさつぱり分りませんので、毎日ぼんやりしてをります。一つお願ひします。」

と書き送っている。かつて、昭和三年、中国大陸旅行に出発して上海に一カ月滞在しただけで帰朝してしまった横光である。文壇のことはいざ知らず、日本を離れて見知らぬ所へ行くということだけでも、何かやりきれない寂しさを感じていたのであろう。

二月十八日、いよいよ出発の日は来た。

八時か九時の夜汽車で発《た》つ三十七歳の横光を見送って、東京駅のホームは横光の車窓の前で「二重にも三重にも列をつくつて、人波がうづまいて」いた。先輩、友人、後輩を問わず、高杉早苗ら当時の女優三、四人が来て花束を贈ったり、「横光ファンの葭町《よしちょう》芸妓が餞別をわたしたり」して、横光の寂しさとは裏はらに予想外のはなやかさを醸《かも》し出していた。驚いた駅員たちはこんな話をした。

「どなた様のお見送りだろう。」

「なんでも日本一の小説家だそうだ。」

そして発車のベルが鳴って汽車が出てしまうと、武田麟太郎は大勢の人々の中でひとり眼をしばたたきながら、

「可哀そうだなあ、可哀そうだなあ。」

と呟《つぶや》いていた。

十九日は大阪に泊まって、二十日に神戸に向かった。船は箱根丸で、俳人の高浜虚子も一緒だった。その出航の様子は中山義秀の筆によると次のごとくである。

「船内にはいって横光の船室をみたが、相客がある様子で、寝台が二つならんでいる。これから一月近く支那海から印度洋をわたり、地中海をぬけて欧羅巴《ヨーロッパ》に行くのかと思うと、壁にはさまれた狭い室内や丸い船窓が、妙に心ぼそく写った。横光自身にしては、尚さらであったろう。

銅鑼《どら》が鳴りだしたのをしおに、船をおりて埠頭《ふとう》にたった。横光は茶色のソフトを頭にのせ、外套の隠しに手をつッこんで、舷側から埠頭を見おろしている。その顔はひどく青白い。

テープを握って埠頭《ふとう》にならんだ見送り人は、片岡、川端をはじめ藤沢、画家の佐野繁次郎、『紋章』の

モデル長山正太郎、それに横光の唯一の血縁である姉の静子とその子供達、前夜の芸妓達も何人か来ている。

螢の光の曲が終って船が動き出すと、私達はそれを追うて走った。横光も舷側から船尾の方へ歩いてくる。埠頭のはずれまで行った時は、二人になった。横光は依然として、一人船尾につったってこっちを見つめている。こっちで手をふると、向うでも振った。その姿が次第に遠ざかり、小さくかすんでゆく。しかし、彼はやはり其処《そこ》に、いつまでも立ちつづけていた。」(『台上の月』)

二・二六事件

横光の出発後まもなく、日本では大事件がもち上がった。陸軍部内の皇道派青年将校にひきいられた一団が、昭和維新断行を叫んで、二月二十六日早朝首相(岡田啓介)官邸を襲《おそ》い、さらに内大臣斎藤実、大蔵大臣高橋是清、教育総監渡辺錠太郎を射殺し、永田町一帯を占領した。

この計画は失敗に終わったが、その後広田弘毅内閣が成立し、軍部大臣の現役制が復活すると、軍部は完全に内閣の死命を制するようになり、日本ファシズムは完成に近づいていった。満洲事変以来強大化していった軍部は、ここに至り共産主義、社会主義はもちろん、自由主義や民主主義の思想に対しても厳《きび》しい弾圧を加え、学問や言論の自由を奪い去ってしまった。

その朝は東京には珍しい大雪が積もっていた。特にペンで生活している人々にとって、軍部の独裁は不気味に怖《おそろ》しく映った。新聞社帰りの中山義秀がようすを見に日比谷の方にまわると、外套姿のまっ黒い群衆の流れが、公園の柵に沿うて、黙々とつづき、銃と剣とを持った兵が道ばたに並んで通行を阻止しているため、街路には人影一つない。重苦しい空気が灰色の空の下に充満している。その時、ふと中山は神戸港を出ていった際の、横光の蒼白な姿を思いうかべた。

「横光は悪い時に、旅立っていったものだな。変事を聞いて心配のあまり、途中からひきかえして来るのではなかろうか。」

中山ばかりでなく、誰もが船中での横光の驚きを噂《うわさ》し合っていた。

横光がこの暗殺の報を耳にしたのは、上海で山本実彦や魯迅《ろじん》に会ってから二日の後、台湾沖を通過している最中であった。

「東京に起つた暗殺の報伝はる。まだ朝だ。台湾沖通過の際デッキゴルフをしてゐる一団の若い船客達が、一勝負をつけた所へ、暗殺の報を持つて来る。一同顔を曇らせてヘエッと云つたまま二分間ほど黙つてゐる。と、一人が『さア次ぎをやらう』と云ひ出す。すると忽《たちま》ち一同の顔はにッと笑ひ出し、一切を忘れてクラブを持つて玉を突き始める。傍で見てゐて、こんなものかと私は思ふ。」(『欧州紀行』)

東京では一大事件だというのに、船中では「こんなものか」と、横光ははじめの内は船中の心理に呆気《あっけ》にとられていたが、しばらくすると「陸のことは陸のことだと思ふ気持ちだんだん強く」なり、「われら関せずと誰も思ふ」と記すようになった。この頃より海上と陸上との意識、神経の違いをひしひしと感じはじめている。

セメント袋の服

「欧州航路のマルセイユまで行く船中生活ほど、この世の楽土はまたとないと人々はよくロにする。なるほどさうかもしれない。しかし、何と退屈なことだらう。私は船客や船員達と殆《ほとん》ど友達になつてしまつたが、船の中には何か足りないものがある。私はいろいろ考へてみたが、それは孤独といふものだ。人間は限りもなく贅沢《ぜいたく》に出来てゐる。」（『欧州紀行』）

として、どこかの学校へ入学したような限られた世界の中で、横光には滑稽な楽しみがひとつあった。

箱根丸が赤道に近づき、印度シナの高い山をかなたに臨む頃になると、船客は皆夏服に着換える。

「日本へ電報を打つてみる。船中は港へ這入《はい》らぬ限りどこでも八十銭均一なり。本日返電あつて無事との事。初めて夏服を着る。私は夏服に着換へた最後の船客である。」（『欧州紀行』）

古里の便りは無事と衣更

と詠《よ》んで着換えた、横光の夏服は自称、東京で三人よりは着ていないという「印度《インド》のセメントを入れる荒い麻袋で造つたもの」で、服の材料は一円五十銭、仕立賃が八円という珍妙さであった。彼は行く先き先きで、その夏服について人々がどういう反応を示すか、ひそかに楽しみにしていた。

まず船中で歩いていると、イギリス人の夫婦が後からじろじろみながら、

「おおホームスパン」

と感心して叫ぶ。次にシンガポールに着くと、そこの両替屋のマレー人が眼を大きくしてなでまわし、それが麻袋製だと見破ると大声で、

「ベリイ・ナイス。」

と叫ぶ。それを聞いて仲間たちが寄って来てまた叫ぶ。

「ベリイ・ナイス。」

「ベリイ・ナイス。」

やがてペナンに入港すると、そこでもまた、

「ベリイ・ナイス、ベリイ・ナイス。」

と連発する。これらの驚声を聞きながら横光は、ここでこれなら「本場のコロンボへ着けば、印度人が何というか見ものだ」と、一人想《おも》いをコロンボへはせながら楽しみにしていた。

それから数日、気も狂わんばかりの「恐しき倦怠」の後、三月十日、コロンボに着いた。

「コロンボでは私の夏服は忽《たちま》ち見破られた。印度人たちはぼそぼそ囁《ささや》き合つては私の服を見てゐたが、そのうち突然一人の男が私の服を握つてみた。そして、やつぱりさうだと皆の者に教へたらしい。一同にやにやしながら私を見てゐるうち一人の者は何かしきりに私に云つてゐる。多分、それはここぢや、一番悪いものを入れる袋だぞと云ふらしい顔つきだ。けれども、私が歩くと後からついて来て服に触《さわ》つてみるものがだんだん増して来た。あんな袋が洋服になるなら何も印度は困りやしないと云ひたさうだ。私はある

ひは爆弾を投げつけながら歩いてゐたのかもしれぬ。この私の印度のセメント袋が立派な洋服になるものなら、たしかにランカシアーも日本の紡績も問題ぢやなくなるかもしれぬ。関税とは何物でもないのだ。」

（『欧州紀行』）

とあるように、横光の想像通りの反応が示されたのである。

それから船はアラビア海を通り、スエズを通り、地中海に入り、三月二十七日、マルセイユに着いた。マルセイユでは誰一人笑っているものがいない。夕方の散歩時間で、町には群衆がぞろぞろあふれているが、どの顔もどの顔も、疲れて、青ざめて、沈みこんで、むっつりしている。こういうマルセイユの町、ヨーロッパの一端を見て、

「これがヨーロッパか。――これは想像したより、はるかに地獄だ。」

と、上陸第一歩の感想を洩《も》らす。感激に溺《おぼ》れまいとして「冷やかに眺《なが》めることばかりに努力」しようとする横光なのである。事物を感激して眺めても、それをそのまま表現せずに、いったんその感激を自分の中で消化して、改めて自分流にとり出すのである。それが、多くの人に横光の欧州旅行の珍奇さを思わしめることになっているようである。

「文芸春秋」に寄せたパリの印象第一回の原稿は「失望のパリ」という題で発表された。この題は横光のつけたものではないが、ともかくそのような題をつけられるにふさわしい内容であった。

失望のパリ

三月二十八日夕刻、とうとうパリまで来てしまった。「私は自分で来たくて巴里《パリ》へ来たのではけっしてない。私の友人たちが、行け行け、行け行けと、たうとう押し出してしまったのだ。」と彼は言うけれども、パリの街はどの一部分をとって見ても絵になるほど美しい。長い旅の疲れと、神経の摩滅《まめつ》とのため、文明の頂点を誇るパリの美しさに、横光はたちまちめまいをおこしてしまった。けれども疲労は意外に早く回復した。すると、この文明の頂点を築いている都会が金という資本でできていることに気付いた。そうなると整然としたパリの美しさなど少しも面白く映らない。そして、こんなことを言い出す。

「巴里にはリリシズムといふものが、どこにもない。何とかかとか、旅人を喜ばす工夫に熱中して、うつとりするものばかりふん段に並べ立ててはくれるのだが、そんなものにはびつくりも出来ず、向うの下心ばかりがいやに眼につく。雲形定木の面白さも何となく物足らぬ。私は巴里へ来てから一層上海の面白さが分つて来たやうな気がする。上海には定木がない。リリシズムは上海だけに残つてゐるのだ。」

横光は決して感傷に溺《おぼ》れきらない人間である。だが、パリの印象はあたかも回るカットグラスの面のように、日々変化してやまず、その日その日の結論はすべて趣きを違えていった。それは彼自身も認めていたことである。降り続く雨の中で、パリに陶酔できない横光は「うんとも声の出ない憂鬱さ」に襲われ、いらだつこともあった。その憂鬱さは次のように鮮やかに記されている。

「巴里の憂鬱といふ言葉がある。私もこの年まで、度度《たびたび》憂鬱は経験したが、こんな憂鬱な思ひに迫られたことは、まだなかつた。身が粉な粉なに砕《くだ》けたやうに思はれ、ふと取りすがつたものを見ると、いづれも壊《こわ》れた砕片だ。殊《とく》に雨にでも降り竈められれば、建物の黒さが身の除《の》けやうもなく心に滲《し》み渡つて来る。立ち騒ぐ人もなく雨の中で悠悠と傘もささずに立話をしてゐる人人の風景は、のどかどころではない。」

(『欧州紀行』)

こういう憂欝に打ちのめされて、蒼白《そうはく》な顔をしている横光の前に岡本太郎が現われた。彼は漫画家岡本一平、作家岡本かの子の一粒種であったが、昭和四年、慶応の普通部を卒業して親子三人パリにやってきて以来、両親の帰国後も彼だけはモンパルナスのアトリエに残り、絵の研究に従事していた。岡本は自分の生活を極力さいて流暢《りゅうちょう》なフランス語で、パリの街を案内してくれた。横光は彼の幼い頃を知っていたためか、異国で、彼にだけは心から親しみを感じていて、無邪気なほど年下の岡本を頼りにしていた。そして彼の快活なパリジャンぶりに、「文学の神様」という肩書を背負ってヨーロッパに派遣せられて来た重荷も忘れ、次第に孤独と憂欝の世界から脱け出し、パリの雰囲気を礼賛するようになっていった。

四月二十八日付『欧州紀行』で岡本の一面は次のように記されている。

「さて夕暮になつて立ち上つた。若い男女の二人が、喧嘩《けんか》をしてゐると見えて、黙つて立つてゐるその上に、白い蠟燭《ろうそく》を立て連ねたやうなマロニエの花叢《はなむら》が、風に重重《おもおも》しく揺れ動く。岡本君は巴里の屋根の下を『若者よ、愛せ。』とフランス語で唄ひながら、その前を行き過ぎる。すると、若い男女の二人は前から争ひのまま、どちらからともなく不機嫌さうに接吻した。鶯《うぐいす》が衰へた声で濃密な葉の中で鳴いてゐるの

パリにて岡本太郎(左)とともに

を聞きつつ、私はこれをこの日の終りとした。」

ある五月の一日《ひとひ》、マロニエの花がパリの装《よそお》いを変える日、岡本は横光をブロウニュの森に誘った。「春を全身に吸ひ込みながら、しびれるやうな、そしてときぐ〜噴き上るやうな喜悦《きえつ》」を感じていた岡本に、ふと横光が言った。

「パリには、リリシズムといふものが無いですなあ。」

これを聞いた岡本はその言葉にすっかり面食らってしまった。世界がリリシズムの中にとろけこんでいるような、ブロウニュの森のこの瞬間に、なぜリリシズムがないのか、全く理解に苦しんでしまったのである。かと思うと、それから四カ月ほどたって、パリでの生活が残り少なくなった頃には、今度は、

「パリにはリアリズムがない。」

などと言い出すのである。その変化に驚いた岡本は「旅愁の人」で次のように記す。

「パリ生活の始めにリリシズムがないと云い、終りに至つてリアリズムがないと云う彼の気持も、しかし極《きわ》めて正直なのである。パリ遊学の意味がそこに明らかに現われているのだ。

日本で成熟し一つの完成を見た独特な繊細さ、人情的なきめのこまかい織物のような気分は西洋では全く応《こた》えるものがない。横光さんの人格が豪壮な典雅《てんが》を誇るラテン文化の都の肌理《きめ》に絶望的な喰い違いを見せたのは当然である。こゝでは青春の情熱か、莫大な金銭の消費のみがこの雰囲気に喰い込む力を持つているので、日本的な肌理《きめ》は一度位破産の憂き目を見る。」

「幸か不幸か、まともにぶつかつて絶望した横光さんは純粋であり、繊細だつた。」

パリの東洋人

船がマルセイユに着く前夜、彼はこう考える。

「彼は今の自分を考へると、何となく、戦場に出て行く兵士の気持に似てゐるやうに思つた。長い間、日本がさまざまのことを学んだヨーロッパである。そして同時に日本がその感謝に絶えず自分を捧げて来たヨーロッパであつた。」（『旅愁』）

こうして肩肘《かたひじ》はって、まともにぶつかっていった典雅なラテン文化の中心地で、信じることのできた唯一のこと――それは、自分が日本人であるということにほかならなかった。パリに失望した横光を救った、この日本人であるという意識のもとに、彼はフランスの文化を礼賛してきたのである。そして、パリに親しみを感じれば感じただけ、彼は日本の文化を懐しく思いおこし、その文化の前に頭を下げるのであった。

パリの豪壮な文化は、フランスという民族の歴史と伝統の上に咲いた花なのであり、それならば日本にもある。奈良や京都、伊勢、鎌倉の文化――それらはすべて日本の伝統が築きあげた文化ではないか、と反問する。そうして両国の現実をなしている基盤の相違をはっきり区別するとき、パリがフランスのパリらしく、より一層鮮《あざ》やかに横光の目に映ってくるのである。文化の背景をなしている民族の歴史と伝統とを無視した、万国共通の文化の基準などあり得ようもなかった。

そして、西洋人の中にいると、日本——そこだけが自分の祖国なのだという意識が次第に強まっていった。しかし、

「祖国！」

と、うっかり叫びでもしたら、たちまちファッショとみなされ、「人々から馬鹿者扱いにされ、攻撃を受ける習慣のある」ことを横光はよく知っていた。そして「ファッショ」と、自分の「祖国への愛情」とは質的に違うものだということを、『旅愁』の矢代耕一郎をして、次のように言わしめる。

『僕はこのごろ本当のことを正直に云ふと、日本の知識階級の中に世の中なんか滅ぼうとどうしようと、どうだつてかまやしないと思つてゐる人間がゐるやうに思へて仕様がないのだ。しかし、僕はどんなに世の中がひねくれたつてかまはないが、たつた一つの心だけ失つちや困ると思ふものがあるんだよ。それさへあれば善いといふものが——ね、さうだらう、なければならぬぢやないか。あるけれども忘れてゐるといふやうな、平和な宝のやうな精神さ。どこの国民だつて、一つはそんな美しいものを持つてゐるのに、忘れてゐるといふ精神だよ。僕らの国だつてそれはあるのに、探すのが厄介なだけなんだ。しかし、僕は見つけたよ。見せよと云はれれば困るがね、それは云ひがたい謙虚極《きわま》る純粋な愛情だが。』

『それや何んだい？』と久滋は不明瞭な矢代の云ひ方に腹立たしげに云つた。

『かういふ歌が日本の昭和の時代にある、父母と語る長夜の炉の傍に牛の飼麦はよく煮えてをりといふのだ。こんな素朴な美しさといふか、和かさといふか、とにかく平安な愛情が何の不平もなく民衆の中にひそまつて黙つてゐるよ。桃の花さへ笑つてくれてれば良いといふのと、牛の飼麦の煮えるのまで喜んでゐる心といふのとは、だいぶこれで違ひがあるよ。ところが、日本と中国の知識階級は、かういふ両国の底の心といふものをみな知らなくなつてしまつてる。僕だつて君だつてだ。殊に君なんかひどすぎるぞ。このまま行けば、僕らは東洋乞食といふか、西洋乞食といふか、まア君なんか西洋の方だなア。』」

「旅に病んで夢は枯野をかけめぐる」と詠《よ》んで死した俳人芭蕉の後裔《こうえい》である横光が、静かな「謙虚極る純粋な愛情」を日本の片田舎に見出して、それを土産に帰朝したとき、日本はファシズムの中で浮動していた。そして横光の祖国への愛情は、それとは質的に異なるものであったにかかわらず彼の帰朝を迎えた多くの人々は決してそのようにはとらなかった。ファシズムへの迎合、とみたのである。

シベリアを経て

七月二十四日朝、突如岡本太郎が現われたので横光は「今日は芥川さんの死んだ日だから、これや、飛行機落ちるかもしれないぞ。」

と、冗談をとばした。

「じや、やめなさい。」と岡本。

「やめるか。」

だが結局、その日の朝十時の飛行機でベルリンに向かった。

ベルリンの街は八月一日にオリンピック開催をひかえて、塵《ちり》一つ落ちていない。その清潔さの中で彼は「日本の市街はその汚さのために何といふ豊富な自由さがあることだらう。」と、あらためて、汚さの与える美しさを感じる。七月三十日、次回のオリンピックが日本と決定した。ベルリンでそれを聞いた一人の日本人として横光は次のように書く。

「日本人の集る街の食事場もまた一種異様な興奮の仕方である。

『いよいよ来たね。』

『うむ。』

かういふ会話の次ぎには誰も黙つて何も云はない。ヨーロッパ各国の視線が同時にこちらを向いたのだ。さて日本人はとわれわれは互に見合ふのだが、このベルリンに匹敵《ひってき》する文化をどこから引き摺《ず》り出すのか、答へに詰つた顔を撫《な》で廻してゐるだけだ。肝汗《あぶらあせ》でどの顔も赤黒く蒸せてゐる。互に無茶苦茶に食慾を満すばかりだ。」

そして、オリンピックが始まり、ベルリンが興奮のるつぼで酔いしれているとき、横光はそれとはまったく逆な空虚な気持ちに襲われ、帰国の道をアメリカ回りにしようか、ロシア回りにしようかと迷っていた。

八月九日夜になって、突然マラソンのフィルムを日本に持ち帰ってくれないかと頼まれ、迷っていた帰国の道もロシア回りに決まった。もはやヨーロッパには何の未練もなくなっている。ただ今は早く帰りたいのみである。

八月十一日、夜十一時、横光の乗った国際列車はベルリンのツォウ駅を発車した。夜のうちにドイツをぬけるとポーランドである。曇った空の下に牧場が限りなく続き、やわらかそうな草の中で少女が一人列車をながめている。何の起伏もないのどかな風景ほど淋しく陰鬱《いんうつ》なものはない。彼はふとここから出たショパンのことを考え、「この国の中には、何か天才を生む怠惰《たいだ》さがあるのにちがひない。」と思った。

やがて牧草の平原が落葉松《からまつ》にかわってくるとロシアであった。

「これがソビエットかと私は思ふ。白樺がだんだんと増して来る。原始的な野の緑の色が濃くなつて来る。沿線の人々の顔色には自信と思想が加はつてヨーロッパから来たわれわれの年老いた国際列車を無意味な風のやうに眺めてゐる。あたりの風景は、太古の森林地帯にいきなり近代科学の流れ込んだ突飛さだ。その中で落ちつき払つてゐる人々の様子は、も早や再び家へは戻れぬピクニックの光景である。丸木を積み重ねた小屋《こや》のやうな家にも、簡素な満足に浸つてゐるのであらうか、静かな諦念と笑顔を見せぬ一味の清新な憂鬱さが空気の中に漂つてゐる。」(『欧州紀行』)

「私は今は無感覚な気持でソビエットの平原を眺めてゐる。何故かと云ふなら、これは日本ではないからだ。私にとつてロシアの平原の美しさは、ただ美しさにすぎぬ。共産主義、それは現在の私にとつては何事でもないのだ。私には日本を愛する以外に今は何もないと見える。」(『欧州紀行』)

この八月十二日の夜、車中の食堂でモスクワに行くフランスの大作家アンドレ＝ジイドに会った。

八月十六日、ウラル山脈に入る。どこもかしこも、相変わらず平原ばかりで「大海の真ん中に出て水平線に取り包まれたときとどこも変はらぬ地平線」だった。ここで、

「私はパリにゐるとき、人間があまりいろいろの事をしすぎた悲しさを感じた。しかし、ここではまだ人間が何もしてゐない悲しさを感じる。」

と記してさらに、

「私は語ることはもう尽きた。私はどんなに誇張しようとも、誇張の威力といふもののないところを初めて地上で見た思ひに打たれてゐる。

『虚無。』

かう云つてみて、私は私の感じてゐた今までの虚無に顔が赤らんで来るのを覚える。地平線のはるか向うのぼッとした薄明りを見てゐると、＊ラスコオルニコフとソウニヤが物も云はずに立つてゐるところが浮かんで来る。

日本の虚無といふのはある限りの知力で探し回り、やうやくおのれの馬鹿さに気付くことだが、しかし、ここでは眼のあたり虚無以外には何もないのだ。」

と不思議な、ロシアの虚無の厖大《ぼうだい》さに打たれる。

＊共にドストエフスキイの『罪と罰』に登場する人物

八月二十日、午前三時、満州里《マンチュリ》につく。

「満州里では、私の持つて帰つたマラソンのフヰルムを受け取りに来た男が真先に私の所へ近寄つた。

『横光利一さんはゐませんかア。』

このやうに呼びながら汽車の廊下を這入つて来る。

『僕です。』と云ふ。

『あなたですか、マラソンのフヰルムありますか。』

『あります。』

『ぢや、それ貰はうぢやないか。』

と後にゐる他の者に云ふ。御苦労さまと云ふ代りに、このやうに云ふ男が最初の日本人であつたのか。

『フヰルムは持つてゐるけれども、とにかく大事の預り物だから、名刺を見せてくれ給へ。』

と私は答へる。

すると、今一人の別の優しい若者は大毎記者の名刺を出して、

『私が記者です。どうもありがたうございました。ハイラルから今飛行機で来たばかりですが、さつきまでは豪雨で今夜帰れないかもしれないのですよ。朝日の方も困つてゐるやうです。』

と云ふ。第二に私は競争を国境で見たのである。

『何もかも日本はこれだ。』と思ふ。

川端康成(左)と将棋に興ずる横光

ヨーロッパでは新聞は号外も出さぬ。次ぎには支那服を着た特高課の刑事が来る。」

特高課の刑事であろうと何であろうと、横光にとっては、日本人でありさえすればうれしかった。どんな日本人でも、会えば日本に帰って来たのだという実感が増すため、この上もなく安らかになった。

八月末、五カ月ぶりに世田谷の家に戻る。そして九月になるとすぐ欧州旅行の疲れを休めるため、妻子を伴って東北の温海《あつみ》温泉に行った。避暑客の去った九月の日本海の浜辺は、砂が白く眼が痛む。その中で彼は、

「日本人が血眼《ちまなこ》になつて騒いで来たヨーロッパの文化があれだつたのかと思ふと、それまで妙に卑屈《ひくつ》になつてゐた自分が優しく哀れに曇つて見えて来るのだつた。」(『厨房日記』)

と思い、自分の生活はやはりこの東洋の一角にあるのだと今さらながら驚く。今は、日本にあるものなら雑草まで眼にとめて眺めたいと願う横光である。

失意の晩年

みそぎ

昭和十六年十二月八日、ハワイ真珠湾奇襲攻撃。

日華事変以来、泥沼にふみこんだような長期戦の中で、日本民族の優越性を信じた軍部は国内のあらゆるものを戦争へ戦争へとかりたてていった。「軍神」という美名のもとに、真珠湾の海底には九人の魂が沈んだ。「すべて計算され、そして、それを実行することの結果が、盡《ことごと》く死から脱《のが》れることがないというやうな、厳密な科学的計画がわが国の海軍士官によつてなされ」ていたのである。

「もつとも神聖な犯すべからざる静粛さで、ひそかに死の訓練を日夜たゆまず遂行し、興奮もなければ、感傷もない、淡々として自分の霊柩を製作し、操作する。その技術の中に描かれた未来は、も早やただ純一な信仰の世界だけであつたらう。」

と横光は「軍神の賦」で、「心悟した若き男々しき青春の明察」を賛美する。

これより以前、同じ十六年の夏、大政翼賛会では第一回の「みそぎ」を箱根山中足柄《あしがら》の日本精神修養道場で大々的に行なった。参加者は各方面から集められ、文壇では菊池寛、吉川英治、川端康成、横光の四人に白羽の矢が当てられた。だが菊池と吉川は行かなかった。日課は朝五時起床、朝拝、みそぎ、拝神、九時朝食、講義、拝神、午後二時みそぎ、拝神、五時夕食、講義、夕拝、九時就寝となっており、朝夕二度の食事は一椀四勺宛《あて》のうす粥《がゆ》で、汁や副産物は何もない。これを五日間つとめるわけである。

横光は、

「よく今までこのやうな義務を忘れて筆を持つてゐられたものだ。」

と、まじめであったが、各新聞は写真まで入れて「禊《みそぎ》に異彩放つ文壇の痩身《そうしん》一対」と冷やかし半分の記事を載せた。

横光はまた、次のように記す。

「みそぎをして何より得るところは、先づ何より自分の身体といふ形から極度に謙虚になつてみることだ。(これもふるさとへ帰るやうに。)全く自分の身体はあの五日間ほど謙虚になりつづけたことは、いままでに一度もなかつたと云つて良い。肱《ひじ》を枕とする愉《たの》しみも我愚にして得がたしや、といつたあの宗長のやうな五日間だ、自分のその謙虚ささへも早や異とするに足らぬ白光の世界をあの中から見つけ出すこと――しかし、このみそぎをやると、どういふものだか知識階級人は軽蔑する。(中略)

みそぎをしてゐる五日間のうち、最も考へるのは天地のことについてであり、次には神について、次には人間について、――自然とは、人間にこのやうなことを考へさせる何ものかで、食慾がしかもこれを支へてゐる一本の激しい柱である。つまり、みそぎほど生理学的なものはない。」(「日記から」)

だがこのことによって、横光は多くの攻撃を受けねばならなかった。雑誌には匿名《とくめい》記事で非難するものがいる。家の方には未知の人からさえも、攻撃の投書が来る。知人に会えば皮肉を言われる。その中で、中山は横光を訪ねてこう言った。

「あなたなんで、あんな愚劣なことに参加したのです。文士がみそぎに参加したからといって、戦力に何の関係があるのですか。あれは翼賛会訓練部の宣伝に、利用されたにすぎないですよ。」

「君と僕とは二十余年のつきあいだが、君が僕を知らぬように、僕も君を知らない。しかし、それでよいのだ。」

しばらく沈黙していたあとで、重々しく、つぶやくように、横光はこう答えた。人にはたとえ親と子であっても解しきれない何かがあるものだ。いや、解そうと思ってはいけないのかもしれない。そして、真珠湾攻撃の日の日記には次のようにある。

「十二月八日
戦はつひに始まつた。そして大勝した。先祖を神だと信じた民族が勝つたのだ。自分は不思議以上のものを感じた。出るものが出たのだ。それはもつとも自然なことだ。自分がパリにゐるとき、毎夜念じて伊勢の大廟を拝したことが、つひに顕《あらわ》れてしまつたのである。夜になつて約束の大宮へ銃後文芸講演に出かけて行く。帰途、自分はこの日の記念のため、欲しかつた宋の梅瓶《めいびん》を買つた。」

太平洋戦争もいよいよ破局に近づいてくると、横光のいる北沢くんだりにも爆弾の雨が降るようになった。

あきらめ

「空襲はこのごろは毎日です。日に三度も来るときがあり、夜中の雨のときなどは、叩《たた》き起されるのは辛いものです。晴れた日などは、肉眼で敵機が見えて、銃後も前線になつて来たなアと思ひます。」(十九年十二月　姉静子への手紙)

二十年の春、中山義秀がわずかな胡麻《ごま》油を持って横光を訪ねると、彼は妻子を山形県鶴岡の実家へ帰し、自分は神戸の姉の家に行くと言うので、驚いた中山は、

「莫迦《ばか》なことを云いなさい。夫婦親子がこうした際、別々になるということがありますか。神戸よりも山形の方が物資がありそうだし、安全でもあるようだ。ぜひ奥さんの実家の厄介になりなさいよ」

と諫《いさ》めたが、横光の内心はそうではなかった。彼は東京に残って戦火の有様を自分の眼ではっきりみておきたかったのであるが、自分が残っていると、妻や子どもたちも疎開しないであろうと考えたのである。

ある、ひどい空襲の夜のことである。

「私と妻とはどちらも病気で、別別の部屋に寝たきり起きられず、子供たち二人を外の防空壕へ入れて置いた夜のことである。私は四十度も熱のある妻の傍へ、私の部屋から見舞ひに出て傍についてゐたが、照明弾の落ちて来る耀《かがや》きで、ぱッと部屋の明るくなるたびに、私は座蒲団を頭からひつ冠《かむ》り、寝てゐる妻の裾《すそ》へひれ伏した。すると、家の中の私たちのことが心配になつたと見え、次男の方がのこのこ壕《あな》から出て

来て、雨戸の外から恐《こ》はさうな声で、『お母アさん。』とひと声呼んだ。

あまり真近い声だつたので、『こらッ。危いッ。』と座蒲団の下から私が叱りつけた。子供は壕の中へまた這入《はい》つたらしかつたが、続いて落ちて来る照明弾の音響で、またのこのこ出て来ると、

『お母アさん。』

『こらッ。来るなッ。』

吹鳴《どな》るたびに雨戸の外から足音は遠のいたが、いよいよ今夜は無事ではすむまいと私は思つた。私は一週間ほど前から心臓が悪く、二階梯子《はしご》も昇れない苦しみのつづいてゐた折で、妻など抱いては壕へ這入れず、今夜空襲があれば、宿運そのまま二人は吹き飛ばされようと思つてゐたその夜である、私は少しふざけたくなつた、

『もう駄目かもしれんぞ、云つとくことはないかい。』私は子供の足音が消えると訊《たず》ねた。

『あるわ。』

『云ひなさい。』

『でも、もう云はない。』

爆発する音響がだんだん身近く迫つて来る様子の底だつた。

『それなら、よしッ。』

と、私は照明弾の明るさで、最後の妻の顔をひと眼見て置かうと思ひ、次ぎの爆発するのを待つて起き上

つた。

『お母アさん。』また声がする。

『出て来ちや、いかん。大丈夫だよ。』

私は大きな声で云ひながらも、あの壕の中の二人さへ助かれば、後は——と思つた。すると、また一弾、ガラスが皺《しわ》を立てて揺れ動く音がした。

『後はどうにかなるさ。』

『さうね。』

水腫《ふく》れのやうに熱し、ふくれて見える妻のさういふ貌《かお》が、空の耀《かがや》きでちらッと見えた。心配さうといふよりも、どこかへ突き刺つたままさ迷ふやうな視線である。」(『夜の靴』)

終戦直後、東北の疎開さきで、この日記を綴《つづ》るとき、横光の目には、この空襲の夜、危険のたびに母を心配してのこのこ防空壕の中からはい出して来た子供の姿がはっきりと浮かんできた。

その空襲の夜から四日目、彼は妻と子供をむりやりに東北の実家へ疎開させ、自分は北沢の家に残った。一週間もすると、友人の橋本英吉が来てくれたので、二人で自炊生活を始めた。男二人の生活は味気なかったが、「自分の家もいづれは焼けるにちがひないから、私はせめてその焼けるところを見届けて見たかつた。疎開をするならそれから後にしても良い。」と思っていたが、その頃彼はいらいらして腹立ちっぽくなっていた。そしてだんだん不如意《ふにょい》なさびしい生活にたえられなくなると、ついに妻を追って東北へ疎開していった。昭和二十年六月も半ばごろであった。北沢の家には橋本英吉と石川桂郎の二人が残ることになった。

「私は家族四人のものをひきつれて、この山中の農家の六畳の一室へ移ることにしたのである。すると、移つて三日目に終戦になつた。荷物の片づけさへもまだしてないときだ。」(『夜の靴』)

終戦

妻の実家、鶴岡の家から出て、この庄内平野の真ン中、羽前水沢駅で降りて、西半里の地に一家が移ったのは終戦直前のことであった。

畳もなく電燈もない。知る人とて一人もいない。同じ日本にいて、今はまったく異国人同様の一家は、これからの生活を思って不安を増すばかりである。

八月十五日、

「駈《か》けて来る下駄《げた》の音が庭石に躓《つまず》いて一度よろけた。すると、柿の木の下へ顕《あらわ》れた義弟が真赤な顔で、『休戦休戦。』といふ。借り物らしい下駄でまたそこで躓いた。躓きながら、『ポツダム宣言全部承認。』といふ。

『ほんとかな。』

『ほんと。今ラヂオがさう云つた。』

私はどうと倒れたやうに片手を畳につき、庭の斜面を見てゐた。なだれ下つた夏菊の懸崖《けんがい》が焔の色で燃えてゐる。その背後の山が無言のどよめきを上げ、今にも崩《くず》れかかつて来さうな西日の底で、幾つもの火の丸が狂めき返つてゐる。

『とにかく、こんなときは山へでも行きませうよ。』

『いや、今日はもう……』

義弟の足駄《あしだ》の音が去つていつてから、私は柱に背を凭《もた》せかけ、膝《ひざ》を組んで庭を見つづけた。敗《ま》けた。――いや、見なければ分らない。しかし、何処《どこ》を見るのだ。この村はむかしの古戦場の跡でそれだけだ。野山に汎濫《はんらん》した西日の総勢が、右往左往によぢれあひ流れの末を知らぬやうだ。」(『夜の靴』)

敗戦の日の記録である。「先祖を神だと信じた民族が勝つたのだ。」と真珠湾攻撃の日の日記に書いた横光は、この敗戦の報にみじめにたたきのめされ、精神的責任の苦痛を背負いこんでいく。

「茎《くき》のひよろ長い白い干瓢《かんぴょう》の花がゆれてゐる。私はこの花が好きだ。眼はいつもここで停《とま》ると心は休まる。敗戦の憂《う》き目をぢつと、このか細い花茎だけが支へてくれてゐるやうだ。私にとつて、今はその他何ものもないただ一本の白い花。それもその茎のうす青い、今にも消え入りさうな長細い部分だ――風はもう秋風だ。」(『夜の靴』)

干瓢《かんぴょう》の細い茎にまで頼りたい心境の中で、にじみ出るような、物もいえない苦痛のどん底につきおとされ、「今は何も云ひたくはない。」と記す。

世田谷の家は無事に残ったが、横光はすぐ東京へ戻ろうとはしなかった。惨《みじ》めに焼けただれた街を見ることは、異国のような見知らぬこの地にいる不安よりももっと辛《つら》い衝撃《しょうげき》を与えるにちがいない。それに彼には鎌倉時代がそっくり残っているようなこの村を観察したいという気持ちもあった。

西田川郡上郷村

「この村はよほど稀《まれ》な良い村で、善良といふ点では第一等の村にちがひないと思はれる。」

ここではまだ誰も横光の職業を知らない。見破られまいとして、本やノート、原稿用紙の類を一切持って来ないという用心ぶりであるが、時々見破られそうになっては苦笑する。

ある日隣家の久左衛門が来て、

「旅愁つて、何のことですかの。」ときく。ラジオで放送されたのを耳にしたのであろうが、彼は続けてまた言う。

「物語、横光利一としてあつた。」

結局それには黙っている以外なかった。

それでもやはり何か書くような人だとにらまれて、近くの者の履歴書の代筆を頼まれたりすると断わるわけにもいかず、引き受けてしまう。そのうち、この村の費用で家を建ててやるから、ずっとここに棲《す》まないかという話をもちこまれて、困ってしまったが、その心持ちだけで充分有難いからと深く感謝して、辞退した。

この村の人々は確かに親切であったが、あまり親切すぎると今度は冷たいのかとも思う。たとえば米を買おうとするとお金などいらないから、いつでも足りなくなったら取りに来いと言われる。けれどもそう言われると行けなくなる。が、いよいよなくなるとそうも言ってはおられず頼みに行く。と、ふだんは「やる。やる。」といっている者が、

「米のことはおれは知らん。気持じゃ。」と言って、一粒さえもくれない。米をやるという気持だけでもありがたいことなのだ、という意味である。お金で買おうとすると、「金はいらん、いらん。」という。そうして米も買えず家に帰るとたいてい口論になった。

「そんな米のことは、女のすべきことじゃないか。」

「お米のことは、男のするべきことですよ。どこだってそうだわ。」

「そんな男ろくな奴か。」

「だってSさんのようなお豪《えら》い方でも、自転車でいらしたというじゃありませんか。」

間もなく秋になり、収穫時がやって来た。東京に帰りたいと思う気持ちの裏側から、この村への未練《みれん》が湧《わ》き上がり、なかなか腰も立たないでいると、ふっと「われながらいやな気持ち」に襲われることがある。それは「私が疎開者同様のくせにどこか疎開者らしくない気持ちの起ること」であった。

「私には疎開者だと思ふ気持ちはいまだにない。それが悪く邪魔をしてゐる。倦《あ》くまで研究心を失ひたくはないと思ふ虚剛《きよごう》と、人間らしからざる観察者の気持ちを伏せ折りたくもあつて、個人の中のこの政治は甚《はなは》だ調和を失つて醜《みにく》い。私はまだ文学に勝つてはゐないのだ。先づ第一にこれに打ち勝つことが肝要かと思

ふ。」(『夜の靴』)

だが十月も半ばを過ぎると、こんな横光の心のうちを少しも知ることのない「村人は私をも隣組の一員として取扱つてくれるやうになつて来た。私も観察を止めよう。またそれも出来さうになつて来てゐる。」と記す。横光の、村人を見る目は次のようであった。

「どちらかと云ふと、私はいつも彼らの味方をしてゐるので、悪いことも良いやうに解釈をしてゐる傾きもあり、心覚えも要心しいしいといふところがある。冷たい心で歴史を書くのが正しいか、愛情で歴史を見るのが正しいかはいつの場合もむつかしいことの根本だが、実相を危くして物的真実を追求するといふ手は、私はいつも嫌ひだ。これは真実から遠のくことだ。」(『夜の靴』)

十一月、川端康成から鎌倉文庫の『紋章』の印税前金三千円が届いた。もうそろそろ帰らねばいけないと思うが、どうやって混乱のまっただ中にはいりこむか不安だった。だが、

「突然のことだが意外なことが起つて来た。東京から農具を買ひ集めに来た見知らぬ一人の男が、参右衛門の所へ薪《まき》買ひに来て、東京へ貨車を買切りで帰るのだが、荷の噸《とん》数が不足して貨車が出ない。誰か帰る者の荷物を貸す世話をして貰ひたいといふのだ。そこで私たちにその荷の相談があつた。」(『夜の靴』)

そして、この見も知らぬ男に大切な荷を預けることにして、いよいよ東京に戻ることになった。さて出発の日になると「意外な深さで自分の根の土に張つてゐるのを感じた」。もうおそらく来ることもないであろうこの村であるが、「僅《わず》かに村里の人人の心だけ持ち去りたい自分だと思つた」。

昭和二十年十二月十五日、横光は北沢の家に帰った。

終戦の日から、再び東京に戻るまでの日記を「夏臘《げろう》日記」「木蠟日記」「秋の日」「雨過日記」として、それぞれ「思索」（二十一年七月）「新潮」（同）「新潮」（同年十二月）「人間」（二十二年五月）に発表し、全編を『夜の靴』としてまとめた。

「洋燈」の人

敗戦により未曽有《みぞう》の時代に遭遇した人々は、長い戦争による疲れと廃墟《はいきょ》の中で、自由の空気を吸って新しい文化を求めるようになった。けれどもそこでは既成の作家たちは退けられ、新しく登場してきた若い人々による、絶望的な暗い文学がもてはやされた。終戦の翌年、昭和二十一年には早くもこれらの人々の作品が続々と現われてきた。埴谷雄高《はにやゆたか》の「死霊」、野間宏《のまひろし》の「暗い絵」、坂口安吾《さかぐちあんご》の「堕落論」「白痴」、中村真一郎の「死の影の下に」、梅崎春生の「桜島」、石川淳の「焼け跡のイエス」。二十二年には椎名麟三の「深夜の酒宴」「重き流れのなかに」、武田泰淳の「蝮のするゑ」などが発表され、頽《たい》廃《はい》的なムードが喜ばれた。

その中にあって、横光の「神秘めかした観念主義」の文学は冷たく否定された。若い時から何度も罵倒《ばとう》されてきたが、戦後のものほどひどいものはなかった。精神と肉体の衰えを耐えて、それでも彼は再び文壇の覇者となる日を夢みていた。そして、

「橋を支へてゐるものが岩か木か、いづれにしても支へてゐることは事実で、今は岩であらうと木であら

うと問題ではないと思はれ、時すぎれば木は腐《くさ》り落ちること必然とはいへ、そんなことは今はどうでも良いのではありませんか。私は今はさういふ考へで芸術を見てをります。芸術の善悪はこれは実際、一番むつかしいと思ひます。」

と、石田波郷に宛てて書いている。

「よし！おれも一つ」とがんばってはいたが、昭和二十一年初夏の頃、突然血を吐いて倒れ、めまいと半身とに痺《しび》れを生じ床についた。疎開中の無理がたたって肺をやられたのだと思っていたが、喀血したことは家の人には内緒にしていた。医者にみてもらうと軽い脳溢血ということであったが、彼自身は肺病と脳溢血が同時に襲ってきたのだと信じ、肺を治すには滋養をとることが一番と考え、「精出して鰻や鶏を食べ、相変はらず医師には掛らず専《もっぱ》ら揉《も》み療治や灸をするてゐた」。

その頃藤沢桓夫に宛てて次のように書いている。

「(前略) 片岡、武田、思ひがけなく、今度はおれかと思ひ、六月二十三日の夕刻

契円の石に彫られし廉の角冴えかたぶくを見つつたほれし

これはそのときの歌です。それから蜜蜂療法をやり、灸点へ刺すのですが、

蜜蜂はわれを医さんと刺しくれて黝《くろ》きむくらとなるも悲しき

こんなのも出来ました。一ぺん刺すと一疋づつ死んで積るのです。さうしたところが咽喉《のど》から血が沢山出ました。これが出たから頭へ来なくて助かつたと医者はいふのですが。

このごろは歩く練習で、大ぶ歩けるやうになりました。一時は秋まで保つまいと思ひましたが、まだこれなら十年は大丈夫と思つてゐます。

少し頭がまたふらりとしますので。」

昭和二十二年、病気はなかなか回復しきれずときどきめまいにおそわれた。そのたびに、自分の父や母が脳溢血で死んでいるのが思い出された。そして、自分もそれでだめになるのだろうという不安がつのり、ひとり沈みこむ日が多くなった。ところが九月になって、川端康成が連れて行った東大呉内科の柴豪雄博士の診察を受けると、脳溢血でないことがわかりたちまち元気をとり戻し、十二月、

最後の写真（昭和22年10月清水昆とともに）

「微笑」と「悪人の車」を脱稿した。そして「洋燈」という自伝的な作品にとりかかったが、同十四日、「洋燈」執筆中再びめまいを起こし、翌十五日の夕食後には激しい胃の痛みを訴え、一時意識不明におちいった。この時迎えた原医師は胃潰瘍《いかいよう》と診断した。

その後横光は自宅の二階を病室にして、客との面会を一切断ち、重態の身体を静かに横たえていたが、病勢は次第につのる一方で、腹膜に孔《あな》があき、最悪な急性腹膜炎を併発し、十二月三十日永眠した。告別式は昭和二十三年一月三日、仏式で行なわれ、二十四年七月になって多磨墓地に埋葬された。享年四十九歳。

少年時代の思い出を「洋燈」として綴りながら他界した横光は、まさに「洋燈」の人として地の中にかえっていった。

鎌倉の家で病床にありながら横光の死を知った中山義秀は、家人のとめるのもきかず、杖にすがりながら横光の北沢の家に走った。

「横光は顔をしかめ、苦しげな表情で死んでいた。それほど病気の苦痛がひどかったのか、それとも招かざる死神に、最後まで抵抗して闘ったのか。つきぬ憾《うら》みと執念とをまざまざとこの

多磨霊園にある横光の墓

記念碑句の部分

世にとどめているような、いたましい死顔であった。

『まだ、死にたくない。今死んでは犬死にだ、くそっ』

歯がみをしながら何ものかにむかって、必死にそう叫んでいるかのように思われる。

『そのとおり、死にたくはなかったでしょう、横光さん。中山がただ今、別れを申上げにまいりました。』

私は別室にしりぞくと、あたりかまわず身をもんで哭《な》いた。」（『台上の月』）

昭和三十四年の暮れ、横光が育った柘植《つげ》の丘には、

蟻
台上に餓えて
月高し

と、生前彼が最も好んで書いた句が刻まれた。丘は白い台地で、松や桧《ひのき》に囲まれた純白の大きな寒水石《かんすいせき》の記念碑は、今静かに日本の古い故郷を見下ろしている。

第二編　作品と解説

「蝿」

出世作

『蝿《はえ》』は大正十二年五月「文芸春秋」に発表され、同じ月の「新小説」に載った『日輪《にちりん》』と共に、横光を文壇に認めさせる出世作となった。両方共に菊池寛の推輓《すいばん》作であった。大正十二年の一月に「文芸春秋」を創刊して、若い作家志望の人々になんでも自由に発表できる足場を築いてやった菊池は、横光の特異な才能を早くから認め、終始援護的《えんごてき》な眼で見守っていた。『蝿』の載った「文芸春秋」の編集後記に菊池は次のように書いている。

「横光の長編『日輪』が、五月の『新小説』に載る。二三年もかゝつた労作である。本誌の『蝿』を読んで、彼の才分を認めた人はぜひ読んでほしい。」

『蝿』の最後の部分には「一九二一年作」(大正十年)とあり、発表される二年ほど前に書かれていたものと思われる。その頃の横光の困り方は、前にも書いたように非常にひどいものであったが、彼には文学に対する底知れぬ希望があった。そして「表現とはいかなるものかを厳密にはまだ知らず、筆を持つ態度にのみ厳格になつて」おり、「何よりも芸術の象徴性を重んじ、写実よりもむしろはるかに構図の象徴性に美があると信じてゐた」時期である。

横光にとって芸術とは実人生に密着したものではなく、そこから一度離れてみて、別に新しい現実を造ること、すなわち虚構《きよこう》という可能の世界を造ることであった。それこそ、真実という美の世界であると信じ、ひたすら虚構の世界を創造しようと願うのであった。

現実における醜悪《しゆうあく》をそのまま描いて足《た》れりとしていた自然主義の大家たちへの反発でもあり、それが風刺《ふうし》という形態でしばしば初期の作品に現われてくる。ここにあげる『蠅』はもちろんのことであるが、それより以前、大正六年、まだ「文章世界」にさかんに投稿していた頃の作、「犯罪《つみ》」「神馬」「村の活動」などにも人間と動物、あるいは物体とが対等に置かれ、動物とか物体とかいう人間以外のものによって、人間の運命が左右されるという暗示が表わされ、不安定な人間の運命を外側から冷酷に眺めている。

この『蠅』という、わずか数頁の短編は十段に区切られており、作者の冷酷な理知と人間観とを織り混ぜながら、綿密《めんみつ》な構成法に基づいて描かれている。この作品について、横光は大正十三年一月号の「新潮」で次のように釈明している。

「『蠅』は最初風刺《ふうし》のつもりで書いたのですが、真夏の炎天の下で今までの人間の集合体の饒舌《じようぜつ》がぴたりと急に沈黙し、それに変つて遽《にわか》に一疋《いつぴき》の蠅が生々《いきいき》と新鮮に活動し出す、と云《い》ふ状態が風刺を突破したある不可思議な感覚を放射し始め、その感覚をもし完全に表現することが出来たなら、たゞ単にその一つの感覚の中からのみにても生活と運命とを象徴した哲学が湧《わ》き出て来ると己惚《うぬぼ》れたのです。」（「大正十二年の自作を回顧して――最も感謝した批評」）

『蠅』は人間の運命の不安定さを、真夏の宿場へ馬車に乗るために集まって来る人々の様子から、最後に馬車が崖下《がけした》に転落して、その後を一匹の蠅だけが悠々と飛び去る有様までを十の段落にわけて、あたかも映画でも見ているように象徴的に、印象的に描き出している。

『蠅』の構成

次に段落をたどりながら構成を見ていきたい。

一段目で「真夏の宿場は空虚であつた。ただ眼の大きな一疋の蠅だけは、薄暗い厩《うまや》の隅の蜘蛛《くも》の網にひつかかると、後肢で網を跳《は》ねつつ暫くぶらぶらと揺れてゐた。と、豆のやうにぽたりと落《おつ》こつた。さうして、馬糞の重みに斜めに突き立つてゐる藁《わら》の端から、裸体にされた馬の背中まで這ひ上つた。」と、「はえ」を意識下においてかかる。

二段目には、猫背の老馭者《ぎよしや》の姿が描き出される。何かの暗示を与えるような描き方である。三段目、町にいる息子の危篤《きとく》の電報を受け取って一人の農婦がかけつけて来る。そして三里の山路を駈《か》け続けて来た、苦しそうな呼吸の中から、

「馬車はまだかのう?」

と、単調にくり返す。が、馭者は一言も答えず、饅頭《まんじゆう》ができるのを待ちながら将棋《しようぎ》をさしている。「馬車はまだかのう?」と、三度くり返される農婦の言葉には、一寸さきの悲惨な破滅の余韻《よいん》がただよい、構成上、運命に対して決定的な意味をもってくる。

四段目では駈落《かけおち》の若者と娘が登場する。

五段目、母親と男の子がやってくる。

六段目、田舎紳士の登場。「彼は四十三になる。三十三年貧困と戦ひ続けた効《かい》あつて、昨夜漸《よう》く春蚕の仲買で八百円を手に入れた。今彼の胸は未来の画策《かくさく》のために詰つてゐる。」下駄《げた》よりも安い西瓜《すいか》を買って息子の土産《みやげ》とすれば「俺もあ奴も好きぢやで両得ぢや。」と言う、おどけた田舎紳士の動作、言動はやはりつめた転落の予感を幾分柔《やわ》らげる役目を果たしている。こうして六人の乗客が出そろったところではじめて運命の饅頭《まんじゅう》を作る饅頭屋の主婦が浮きぼりにされる。

七段目、なぜ饅頭は運命的な意味を持っているのか、説明される。すなわち、長い間独身で暮らさねばならなかった猫背の老馭者が唯一の慰めと定めていたものが、「まだその日、誰も手につけない蒸《む》し立ての饅頭に初手をつける」という習慣であり、それが転落という事件に結びつけられる。

八段目、時計の時を告げる音、馬草を切る音がいよいよ不気味に死の近づきを語る。

九段目、馬が車体に結ばれ、馭者が叫ぶ。

「乗つとくれやア。」

そして馬車は出発するが、作者はここで再び馬と蝿とを大きく描き出して印象付けておく。

「眼の大きなかの一匹の蝿は馬の腰の餘肉《あまじし》の匂ひの中から飛び立つた。さうして車体の屋根の上にとまり直ると、今さきに、漸《よう》く蜘蛛《くも》の網からその生命をとり戻した身体を休めて、馬車と一緒に揺れて行つた。」

十段目、ここで馭者の腹掛の下に押しこまれた饅頭が重大な役割をつとめてしまう。馭者がこの饅頭を食って眠りだしてしまったのである。

「その居眠りは、馬車の上から、かの眼の大きい蠅が押し黙った数段の梨畑を眺め、真夏の太陽の光を受けて真赤に栄えた赤土の断崖を仰ぎ、突然に現れた激流を見下して、さうして、馬車が高い崖路《がけみち》の高低でかたかたときしみ出す音を聞いてまだ続いた。併《しか》し、乗客の中で、その馭者の居睡りを知つてゐた者は、僅《わず》かにただ蠅一疋であるらしかつた。蠅は車体の屋根の上から、馭者の垂れ下つた半白の頭に飛び移り、それから、濡《ぬ》れた馬の背中に留つて汗を舐《な》めた。

馬車は崖の頂上へさしかかつた。馬は前方に現れた眼匿《めかく》し中の路に従つて柔順に曲り始めた。しかし、そのとき、彼は自分の胴と、車体の幅とを考へることが出来なかつた。一つの車輪が路から外れた。突然馬は車体に引かれて突き立つた。瞬間、蠅は飛び上つた。と、車体と一緒に崖《がけ》の下へ墜落《ついらく》して行く放埒《ほうらつ》な馬の腹が眼についた。さうして、人馬の悲鳴が高く発せられると、河原の上では、圧し重つた人と馬と板片との塊《かたま》りが、沈黙したまま動かなかつた。が、眼の大きな蠅は、今や完全に休まつたその羽根に力を籠《こ》めて、ただひとり、悠々と青空の中を飛んでいつた。」

綿密な構成法の中に、二つのテーマが描かれる。一つは人間の生命は居睡りという、思いもかけない偶然のことによって滅びたり栄えたりするということ、もう一つは、地上で最高の高等動物であるはずの人間の命が、かくもたやすく消えてしまうということで、これは一匹の蠅が事件の一部始終を見届けたあとで、悠悠と青空の中へ飛び去って行く姿と対置され、はかなく、ちっぽけなものに描かれている。けれども作者はここで、いつどこでどうなるとも知れない人間の生命を惜しんでいるのではなく、意識的な象徴の美しさの中で、人間の生命を冷ややかに扱うことによって、一匹の蠅にも及ばない人間の不安定さを強調しようとしている。けれども決して暗さを与えず、軽快なタッチで最後まで貫かれる。

横光一流の「生活と運命とを象徴した哲学」はこういう象徴と感覚の美しさの中に生まれる。

大正十三年二月の「新潮」合評会で、この作品について徳田秋声はこう言う。

「文章にリズムがある。毬《まり》のはねるやうな。万遍《まんべん》なく実によく書いてあると思ふね。」

また、久保田万太郎は、

「横光利一氏は驚くほど強つ気だ。料簡《りょうけん》ばかりでぐん〳〵書いて行くかたちがある。」

と述べている。

「日輪」

『日輪』のあらすじ

ある日、平和な不弥《うみ》の国に道に迷った一人の若者があらわれた。その夜、不弥の王女卑弥呼《ひみこ》と卑狗《ひこ》の大兄《おおえ》とが密会していると、この若者は「破れた軽い麻靴《おぐつ》を水に浸《ひた》つた俵のように重重しく運びながら」草玉の茂みにいる二人の方に近づいて来て言った。

「我は旅の者、我に糧《かて》を与へよ。我は爾《なんじ》に剣《つるぎ》と勾玉《まがたま》とを与へるであらう。」

「我に従つて爾は来れ。我は爾に食を与へよう。」

若者を伴って贄殿《にえどの》に向かう卑弥呼の姿は、月の光りに咲き出た夜の花のように美しかった。その美しさに若者は茫然と立ちすくんだ。若者は、不弥の王母《おおぼ》を掠奪《りゃくだつ》し、霊床《たまどこ》に火を放った敵国、奴国《なこく》の王子長羅《ながら》であった。彼を奴国の王子と見破った使部《しぶ》達は長羅《ながら》に剣をさし向けて来た。動乱が起こった。すると、そこへまた卑弥呼が寄って来て若者を救った。長羅は卑弥呼に魅了されて跪拝《ひざまず》いて言った。

「姫よ。我を爾の傍におけ、我は爾の下僕にならう。」

だが、若者は追われるようにして帰された。

奴国では王子の帰りを祝って酒宴が催されたが、長羅は卑弥呼の姿が忘れられず、鬱《うつ》々として楽しめない。日々頬《ほほ》がこけ、「夜が明けると、櫓《やぐら》の上へ昇って不弥の国の山を見た。夜が昇ると頭首《こうべ》を垂れた。さうして、彼の唇《くちびる》からは、微笑と言葉が流れた星のやうに消えていつた。」そして、ついに父君長《ひとこのかみ》を説き伏せて兵を得、出兵の日を待った。が、不弥の宮では数日中に卑弥呼の婚姻《こんいん》が行なわれるという偵察兵の報告を聞いて、いまだ時機早しと出兵を反対する宿祢《すくね》に剣を浴びせて奴国へ向かった。

訶和郎《かわろ》と香取《かとり》は宿祢の子であり、香取は長羅の妻となるはずであった。父を殺された訶和郎は眼を血走らせて復讐《ふくしゅう》を決意した。

不弥の宮では婚姻の夜であった。夜が更《ふ》けて酒に酔った群衆の騒ぎが静まると、長羅にひきいられた奴国の軍勢は群衆めがけて押し寄せた。長羅は卑弥呼を捜して宮殿をかけめぐった。奥深い一室で、卑弥呼は卑《ひ》狗《こ》の大兄《おおえ》の腕の中で眠っていた。長羅は物も言わせず大兄に剣を突き刺すと、愛する良人を殺されて泣き叫ぶ卑弥呼を抱《かか》えて奴国の方へ馬を走らせた。

戦勝した王子を迎えた好色の君長《ひとこのかみ》は、不弥の宝剣より卑弥呼を欲したので、怒った長羅は、

「不弥の女は我の妻。我は妻を捜しに不弥へ行った。」

と、敢然と言い放って剣を抜くと、父の頭に斬りつけた。殿中はたちまち騒乱となり、卑弥呼はそれを利用して逃げ出した。

すると、訶和郎《かわろ》は闇にまぎれて来る卑弥呼を見つけ、いきなり引き寄せてささやく。

「姫よ、我と共に奴国を逃げよ。王子の長羅は我と爾の敵である。爾を奪はば彼は我を殺すであらう。」

そう言うなり卑弥呼を抱き上げ、一頭の栗毛に鞭《むち》打って奴国から消え去った。

数日後、追手をのがれて密林にさまよう一夜、訶和郎は誓って言う。

「我は復讐するであらう。我は爾に代つて、父に代つて復讐するであらう。」

「するか。」

「我は復讐する。我は長羅を殺す。」

「するか。」

「我は爾を不弥と奴国の王妃にする。」

その夜卑弥呼は、長羅を亡ぼすことを誓った訶和郎を夫にした。

山の中で、奴国の追手と野獣の襲来のため、二人は交代で夜警したが、卑弥呼は亡《な》き卑狗の大兄の幻を見ては泣いた。

やがて二人は鹿狩りに来た耶馬台《やまと》の王反耶《はんや》に捕えられた。反耶には反絵《はんえ》という片眼で狂暴な弟があり、彼もまた強烈に卑弥呼に魅《ひ》かれ、企んで訶和郎を弓で射殺《いころ》した。そして卑弥呼を連れて耶馬台の宮に入った兄王反耶を、嫉妬《しっと》のために円木の壁に投げつけ

映画『日輪』の一場面（東映作品）

て殺してしまう。

数日の間に、卑弥呼を奪おうとして数人の男たちが殺された。今や卑弥呼は死体を見ても涙を誘うこともなくなったが、一人、卑狗《ひこ》の大兄の姿だけは毎夜卑弥呼につきまとい、狂おしい怨恨《えんこん》の涙にかられた。

「すると、今迄彼女の胸に溢《あふ》れてゐた悲しみは突然憤怒《ふんぬ》となつて爆発した。それは地上の特権であつた暴虐な男性の腕力に刃向ふ彼女の反逆であり、怨恨であつた。」

そして、ただ「惨忍《ざんにん》な征服欲」が卑弥呼の微笑にあらわれて来た。

卑弥呼はたくましい反絵によってのみ、長羅の首を落とせると考え、反絵に言い寄る。

「ああ、爾は不弥の国を愛するか、もし爾が不弥の国を愛すれば、我に耶馬台の兵を借せ。奴国は不弥の国の敵である。我の父と母とは奴国の王子に殺された。我の国は滅びてゐる。爾は我のために、奴国を攻めよ。」

卑弥呼は「不弥と奴国と耶馬台の国の三国に君臨する」日にのぞみをかけて、卑狗の大兄のために復讐を誓う。

「もしその時が来たならば、彼女は更に三つの力を以て、久しく攻伐《こうばつ》し合つた暴虐な諸国の王をその足下に蹂躙《じゆうりん》するときが来るであらう」と信じ、惨虐《ざんぎやく》にほほえむ。

「ああ、地上の王よ、我を見よ。我は爾らの上に日輪の如く輝くであらう。」

だが、卑弥呼の脳裡からは決して卑狗の大兄の姿が消える日はない。そして、恐怖と悔恨にふるえて泣き伏すのである。

「ああ、大兄、我を赦《ゆる》せ、我を赦せ、我のために爾は帰れ。」

それから奴国に攻め入る準備がなされた。

一方、奴国では卑弥呼を失って以来、長羅《ながら》は一つ部屋に横たわったまま動かず、日々その肉体を弱めていった。だが、卑弥呼を連れた耶馬台の反絵の襲撃を知ると、蒼《あおじろ》白く細った身体《からだ》はかがやき出し、たくましく兵士たちの間をとびまわった。卑弥呼は朝日の降りそそぐ戦場へ二人を導き出して、たたかわせた。蹴《け》りあい、踏みあい、ころがりあって上下する反絵と長羅の肉塊を黙ってみつめていた。

「しかし、耶馬台の兵士の中で、彼らの反絵を助けようとする者は誰もなかつた。何ぜなら、耶馬台の恐怖を失つて、幸福を増し得る者は彼らであつたから。彼らは卑弥呼と一緒に剣を握つたまま、血砂にまみれて呻《うめ》きながら転々する二人の身体を見詰めてゐた。彼らの顔は、一様に、彼らの美しき不弥の女を守り得る力を、彼女に示さんとする努力のために緊《ひ》き締《しま》つてゐた。しかし、間もなく彼らの前で、長羅と反絵の塊りは、卑弥呼の二人の良人の仇敵《きゆうてき》は、戦ひながら次第にその力を弱めていつた。さうして、反絵の片眼は瞑《つむ》られたまま砂の中にめり込むと、二人は長く重なつたまま動かなかつた。」

と、突然長羅は反絵の胸を踏みつけて立ち上り、

「卑弥呼、我は爾を奪はんために、我の国を滅した。我は爾を奪はんために我の父を刺した。宿祢《すくね》を刺した。爾は帰れ。」

と、言うと、卑弥呼の名を呼びながら倒れて瞼《まぶた》を閉じた。卑弥呼は剣の上に泣き崩《くず》れ、

「大兄よ、大兄よ、我を赦せ。我は爾のために長羅を撃《う》つた。我は爾のために復讐した。ああ、長羅よ長羅よ、我を許せ。爾は我のために殺された。」

と、いつまでも卑狗の大兄の名を叫んでいた。遠くの森で耶馬台の軍の鯨波《げいは》がひときわ高く上がった。

『日輪』の文体

『日輪』は大正十二年五月の「新小説」に発表され、翌十三年五月、金星堂から出版された第一創作集『御身《おんみ》』に収録された中編である。やがて創刊される新感覚派の拠点「文芸時代」もこの金星堂から出されている。金星堂は二十世紀ヨーロッパ文学の紹介をつとめた書店として、昭和文学に大きな役割を果たしている。

『日輪』を書いた頃の横光はまだ二十五歳の早稲田大学の学生で、フランスの作家フローベルの小説『サランボオ』の生田長江訳の文体などの影響を受けている。『サランボオ』はローマ人のカルタゴ征服という古代史に題材を求めて描かれた絢爛《けんらん》非情の叙事詩であり、フローベルはここで『マダム・ボヴァリイ』で使った「近代小説の方法を古代に当て嵌《は》めることによつて幻想を永遠ならしめん」とした。横光はそのきらびやかな装飾体の文体に魅《ひ》かれてか、吉田一穂の言葉をかりれば「妄執《もうしゅう》の鬼に憑《つ》かれ」たように下宿のうす暗い一室にとじこもって『日輪』を書き上げた。

この物語も日本の古代史に題材を得たものであるが、それは歴史的に正確なものではないし、また、正確

な歴史小説を描こうという意図《いと》もはじめからなかった。ただ、古代日本人の生活と言葉をかりて、それを外側から眺めながら自由自在に造型し直して、自分流の絢爛《けんらん》非情な虚構《きょこう》の世界を築き上げている。その戦闘と恋愛との絵巻物的な物語の展開は、映画や舞台の台本として好んで取りあげられるようになるが、横光はここで明らかに、大正末年頃完成の極点に達した私小説の伝統への反逆を行なっている。それが最もよくあらわれるのが、

「そのとき、今迄、泉の上の小丘を蔽《おお》つて静まつてゐた萱《かや》の穂波の一点が二つに割れてざわめいた。すると、割れ目は数羽の雉子《きじ》と隼《はやぶさ》とを飛び立たせつつ、次第に泉の方へ真直ぐに延びて来た。」

「彼は小石を拾ふと森の中へ投げ込んだ。森は数枚の柏の葉から月光を払ひ落して呟《ささや》いた。」

「すると、芒《すすき》の原に掩《おお》はれたその小山の背面からは、一斉《いっせい》に枯木の林が動揺《どよ》めきながら二人の方へ進んで来た。」

というような擬人法的な文体の面においてであり、それは後に「新感覚派」的文体と呼ばれるようになる。

「新感覚派」という呼称は千葉亀雄が大正十三年十一月の「世紀」誌上で「文芸時代」一派を総称して「新感覚派の誕生」と呼んだところに由来する。今日でこそこのような文体は新鮮味を与えないが、大正末年の文壇では大変なショックであった。新しい文体ということばかりではなく、人間の取り扱い方の冷酷さ、非情さ、あるいは横光の気負ったポーズなどにも既成《きせい》の作家たちは反感を抱いて、その文学をけなした。

白樺派の大作家志賀直哉は、横光の文学を「ハッタリ」の文学だと言い、久保田万太郎はこの『日輪』を評して、

「いろいろな動きが、書生芝居ですよ。」

と言った。

しかし、横光の苦心は伝統を破る新しい文体を造ることだけに支払われてはいない。彼は『日輪』において、その惨虐《ざんぎゃく》な闘いの内に、力のない弱い人間の誠実な愛と平和の勝利を描こうとしている。

愛と平和の勝利

物語の主人公卑弥呼《ひみこ》は不弥《うみ》の国の美しい王女である。この美女をめぐって数々の戦闘や殺し合いが演じられる。それは横暴《おうぼう》な男性の、美しい女に対する無限の欲求という単純で利己的な理由から演じられるが、たまたまその男性が一国家の首長や王子であったため、国家の運命までかけた闘いになっている。

長羅《ながら》も訶和郎《かわろ》も反耶《はんや》も反絵《はんえ》も、また奴国の君長《ひとこのかみ》もただ卑弥呼一人を争って殺し、殺されるはめになる。その蔭には多くの兵たちの犠牲もある。美女の前では、君長と長羅、あるいは反耶と反絵という父子、兄弟関係も何の意味もなさず、真実の愛とはどんなものかも知らず、いたずらに美女を得たいという欲求のための嫉妬《しっと》と憎悪《ぞうお》しかない。そういう男どもの無惨で醜い争いを見せつけられながら、卑弥呼は次々と男性の手の中に奪われていく。自分をめぐって死んで行く男性の姿は「最早や彼女の涙を誘はなかつた」。

横光は彼らの死を、

「『爾は何故《なぜ》にここへ来た。』と、大兄は云ふと、彼の胸には長羅の剣が刺さつてゐた。彼は叫びを上げると、その剣を握つて後へ反《そ》つた。」

「長羅の剣は宿祢《すくね》の上で閃《ひら》めいた。宿祢の肩は耳と一緒に二つに裂けた。」

「奴隷の身体は円《まる》くなつて枝にあたりながら、熟した果実のやうに落ちて来た。」

「投げ槍の飛び交ふ下で、鉾《ほこ》や剣が撒《ま》かれた氷のやうに輝くと、人々の身体は手足を飛ばして間断なく地に倒れた。」

というふうに、事もなげに書きつらねる。このように人間を機械的に殺していくのは非情だといわれながらも、横光はそうすることによって死を美化しようとする。死の美化という点については、妻の死に取材した『春は馬車に乗つて』『花園の思想』などにもよく表われている。

男どもの死闘の中で、夜々卑弥呼の目に浮かんで来るのは最初の良人である「胸に剣を刺された卑狗の姿」であり、第二の良人訶和郎が殺された時も、「歯を咬《か》みしめた訶和郎の顔に自分の頬をすり寄せ」て泣くが、「その冷たい死体の触感は、軈《やが》て卑狗の大兄の頬《ほほ》となつて彼女の頬に伝は」り、卑弥呼の顔は流れる涙のために光って来る。

数人の男性の中で卑弥呼が愛するのは、武器や腕力によって彼女を得ようとした男性ではなく、真実、卑弥呼を愛して剣も持たずに死んだ卑狗の大兄一人である。

そして訶和郎や反耶、反絵の傍にいる時でも卑狗の大兄の幻を求めて狂おしく泣いたが、やがてそれは暴虐な腕力と君長という特権を駆使《くし》する男どもへの復讐の決意となって爆発される。愛する良人を殺された復讐は、自分を争って殺し合った男どもの国、奴国と耶馬台と、自分の不弥との三国を合わせて、そこの女王になることとであった。だが、卑弥呼がその三国の上に「日輪の如く輝く」ためには自分の中の弱々しい感情を捨て、自分を冷たくつきはなした「惨忍な征服欲」のかたまりとなって、逆に男どもの力を利用せねばならない。

こういうふうに自分に冷たくなって、あることを成し遂げようとする態度は、確実に横光の文学的姿勢である。彼は「冷たくなればなる程」「次第に強みを感じて来た」と、父の死を扱った「青い石を拾ってから」という短編小説の中で述べているが、それは、

「何かにつけて私はさうであるが、私は本能を憎む性質が多分にある。」(「チップ・その他」)

という気骨から来るものであろう。

卑弥呼は「惨忍な征服欲」によって計画的に反絵の嫉妬心をあおり、兄反耶を殺させる。そして見事に反耶を殺した反絵に、次に卑弥呼はこう言う。

「長羅を撃《う》てば、我は爾の妻になる。」

間もなく長羅と反絵の格闘が始まるが、耶馬台の兵たちは狂暴な反絵の勝利を望まない。もちろん長羅を

も。彼らは人を人とも思わぬ反絵に憎しみを抱いているのである。そして、「未《いま》だ曽《かつ》て何物をも制御し得なかつた反絵の狂暴を、ただ一睨《いちぼう》の視線の下に圧伏さし得た」卑弥呼によって、平和な統治の行なわれることを望んでいた。

最後の勝利は卑狗の大兄を愛し通した卑弥呼と、平和を望んだ耶馬台の兵たちの上に訪れたのである。真の愛と平和を求める希《ねが》いは、剣と暴力との醜い争いを征服することができる。通俗的なテーマではあるが、これは横光の、誠実を願った人間的な思想によって貫かれている。

初期から横光の作品を貫いて変わらぬものは、この誠実ということである。彼は誠実こそ文学の本命だと考えていた。

『日輪』のきらびやかでドラマチックな構成と内容は、映画としての要素も多分に備えていた。

『日輪』の映画化

大正の終わり頃は「丁度《ちょうど》日本の映画が揺籃《ようらん》時代を経て、それまでは舞台の芝居の延長か内至《ないし》は模倣にすぎなかつたのがやつと映画らしい内容と表現を持ち出した頃」（衣笠貞之助「映画『日輪』その他のこと」）で、その頃、斬新《ざんしん》な映画の制作を願っていた衣笠貞之助は、マキノプロダクションに入社して京都に住んでいたが、わざわざ東京の神田まで出て来て、噂《うわさ》に聞いていた「日輪」の収録されている横光の第一創作集『御身《おんみ》』を二冊買い入れて帰った。

『日輪』の映画化を衣笠に勧めたのは直木三十五であったらしく、彼は衣笠貞之助に「一緒に連合映画芸術家協会という今日の独立プロみたいな形式の製作をやろう」と言ってきた。

衣笠は横光の幼年時代の故郷、伊賀に近い三重県の亀山出身だったので、文壇に出る前の横光を噂にきいて知っていたし、また、彼自身にも、横光が文壇において成《な》したと同様な、映画界の革新をめざすという若若しい情熱があったので、直木の勧めにはもちろん大賛成であった。

そして大正十四年、衣笠貞之助演出による『日輪』の映画化が決定し、市川猿之助*の春秋座一座と契約して制作に入った。

しかし、

「何がさて今日程考証のある時代でなし、ロケ地は奈良の三笠山、セットは飛火野に建て、衣裳は誰かの知恵で帽子の布地を大量に買つて作り、曲玉《まがたま》は小道具が鋳型で固めた粘土を七輪で焼いて着色するという荒つぽさである。おまけに女主人公のヒミコに適当な女優が見つからないのでマキノ省三氏の長女を引つ張り出すなど一寸考えられないような冒険ぶりを発揮したのだが、若い情熱というものは不思議なもので、作品としては私の一生を通じて珍しくその内容が野心的で、香気の高い方ではなかつたかと、ひそかに自負している。」(衣笠貞之助「映画『日輪』その他のこと」)

この映画は十日間で完成という猛スピードぶりであったが、横光はその撮影の行なわれている奈良三笠山

＊歌舞伎俳優、二代目市川猿之助(一八八八―一九六三)当時三十七歳

のオープンセットへ何度か訪れて、「熱心な目を向けて、いろいろ制作への注言をしてくれた」。（市川猿之助「映画『日輪』の思い出」）

　でき上がると横光は「大へんな喜びで卒先して無字幕映画にする意見を出」したりしたが、「世に出ると同時に右翼団体から日本の皇室を侮辱するものとして、内務省の検閲担当者と私等は不敬罪で告訴され、配給会社の方では遠慮して上映しないという結果になり、やがて告訴が却下された時は、既に世に出る時期を失つていた不幸な作品だつた。」と、衣笠貞之助は回想しているが、市川猿之助の思い出によると、この映画は「衣笠君が、当時のドイツ映画の手法を取り入れたためか、渋く手固いものであったので、その頃の観客には容易に納得出来ないものの様だつた。」とあり、それでも、「作品としては、非常によく出来た物だと思つている。」とつけ加えている。

　このことがあってからであろうか、横光は川端康成に次のような手紙を書いている。

　「前略

あのね、『文芸時代』で劇団を組織するつもりはないか。これはまだ誰にも云つてはないのだが、劇団といつても、同人が俳優になるのではない。男女優は募集するのだ。カントクや、その他の総《すべ》てのものは同人が分担するとして、ドラマ・リーグを応用して損のないやうにし、『文芸時代』で芝居の宣伝をし、その他の種々のことも皆、『文芸時代』でやるとする。

脚本だつて、外国物本位より日本物、岸田や鈴木や南や中河や酒井や、その他誰だつて脚本位書くだらう。

君だつて書くと云つてゐたのを記憶する。『文芸時代』はもう今気が揃《そろ》つてゐて喧嘩《けんか》なんかしさうもないから、此の時だと思ふがいかが。君にその意志あらば次の同人会のとき持ち出さうではないか。案外うまく行くと思ふ。これは先づ相談だ。」(十四年七月二十三日付)

こうして川端の賛同を得ると、他に片岡鉄兵、池谷信三郎、岸田国士などを引き入れて「新感覚派映画連盟」と呼ばれるものができる。その第一回目の作品は、川端の原作で、横光が題名をつけた『狂った一頁』であった。衣笠貞之助はこれにも加わっている。

横光が「初めて歌舞伎《かぶき》といふのを見た。」と川端に書き送り、「滅亡した美であるが故に歌舞伎劇は貴い。その美は時間のために益々貴重になるばかりで、新劇のやうに無数に出現し得られる美ではない所に歌舞伎劇としての価値がある。」(「歌舞伎と新劇と人物」)と書くのも、すべて『日輪』映画化の際、市川猿之助に会ってからである。

あるいはまた、この大正の終わり頃から、昭和のはじめ頃にかけて「蛾はどこにでもゐる」とか、「閉らぬカーテン」「幸福を計る機械」「愛の挨拶」「帆の見える部屋」「笑つた皇后」などといった戯曲を次々に書いていくのも、映画『日輪』ができてからのことである。

そしてこれらのことは、横光の興味が『日輪』の映画化以来、一時、戯曲に移っていったことを示しているといえよう。

横光の作品ではこの『日輪』の他に『家族会議』が高杉早苗を主演女優にして映画化されているが、衣笠貞之助の言葉によると、「氏の作品の中にはまだ〱沢山映画になるものがある。」(「映画『日輪』その他のこと」)ということである。それは横光の「純文学にして通俗小説」を書きたいという理念が作る偶然の因子と、虚構の世界故に映画にされ易《やす》いのかもしれないが、映画と実際の作品とでは自然その味も変わってくるであろう。

春は馬車に乗つて

病妻物語

『春は馬車に乗つて』は大正十五年八月の「女性」に発表された、前夫人君子との結婚生活に取材した美しい短編である。この類の作品には他に「慄《ふる》へる薔薇《ばら》」「妻」「蛾《が》はどこにでもゐる」「花園の思想」等々があり、それらはみな、文壇という世界で芸術の鬼となって、自分の感情を冷たくつきはなして来た横光の人間的温かさを放出させている好短編となっている。

横光にはきらびやかな意匠《いしょう》をこらし、常に青年層の視線を意識して作品を描くような態度があったが、その心の奥には人一倍人間的な生活に憧《あこ》がれる気持ちが潜んでいた。

大正十五年一月の「文芸時代」で彼はこう書いている。*

「私は光りのない言葉は嫌ひである。此の作には内面

『春は馬車に乗つて』の表紙

＊大正十年「街」に発表された『笑はれた子』、後に『面』と改題

的な光りが、私の作中最も出てゐる作だとは、私は思つてゐる。しかし、今は私は外面的な光りの方を愛するときだ。愛する必要のあるときだ。ここを一度通らなければ本当の内面の光りは出て来るものではないと私は思つてゐる。いまに、此の内面の光りと外面の光りを同時に光らせてみたいものだと、私は常々から潔《いさ》ぎよい祈願を籠《こ》めてゐる。」(「内面と外面について」)

横光はここで「自然感情的なもの」(伊藤整)を敢《あ》えて抑制し、より多く光った外面を愛そうと努力する。内面の美しさが現われるのは外面においてであるから、それだけ外面は大切にされねばならないというのである。新感覚派時代のこういう外面と内面との二つの姿勢が、温かく融合してくるのが、妻の死に直面した作品を書くときである。

「妻」という短編がある。これは大正十四年四月号の「文芸春秋」に載ったものであるが、次のようなほほえましい場面がある。

「妻はもう長らく病んで寝てゐた。彼女は姑《しゅうと》が死ぬと直ぐ病ひになつた。

遠くの荒れた茫々とした空地の雑草の中で、置き忘れられた椅子がぼんやりと濡《ぬ》れた頭を傾けてゐた。その向うの曇つた空の下では竹林の縁が深ぶかと垂れてゐた。

彼は門の小路の方へ倒れた花を踏まないやうに足を浮かせて歩いてみた。傾き勝ちな小路の肌は滑《なめら》かに青く光つてゐた。その上を細い流れが縮れながら虫や花弁を浮べて流れてゐた、すると私の足は不意に辷《すべ》つた。私は乱れた花の上へ仰向きに倒れた。冷たい草の葉がはツと頬を打つた。雨が降るといつも私はそこで辷るのだ。

格子《こうし》の向うで妻が身体を振つて笑つてゐた。私は馬鹿げた口を開けて着物を着替へるために家の中へ這入《はい》つた。

『どうも早や、参つた、参つた。』

『あなたの、あなたの。』さう云ふと妻は笑つたまま急に咳《せ》き出した。

『俺が悪いんぢやないぞ。花めが悪いんだ。』

『あなたが周章《あわ》てるからよ。』

『俺は花を踏まないやうに気をつけてやつたんだ。』

『あの恰好《かつこう》つたらなかつたわ。』

私は芝居の口調で、

『いやいや。』と云つた。

『もう一度辷つてらつしやいな。』

私は黙つてゐた。

『まるで新感覚よ。』

『生意気ぬかすな。』

私は光つた縁側で裸体になつた。病める妻にとつて、静けさの中で良人の辷つた恰好《かつこう》は何より興味があつたに相違ない。」

寝てばかりいる病人にとってたいした事件は起こらない。ただ静かに明け暮れていく生活の中で、良人の辷《すべ》った恰好は大事件であったに相違ないが、妻はその姿に心配よりもさきに興味を感じて笑い出す。それは、「俺は花を踏まないやうに気をつけてやつたんだ」、そのために辷ったのだというふうに、小さな花の命をもいたわる心遣いで、病める妻を看護する横光の深い思いやりから生じてくる妻の変化である。これこそ横光の真の姿であろうと思われる。

横光の内における人倫愛が、新感覚派的表現形式と濃厚な色彩描写とを超越《ちょうえつ》し、柔軟性を帯びて、最も円熟した形で現われてくるのが『春は馬車に乗つて』である。

『春は馬車に乗つて』のあらすじ

松に凩《こがらし》が鳴り始めた浜辺の家で、良人は妻の寝ている寝台の傍《かたわら》から、泉水《せんすい》の中の鈍い亀の姿を眺めていた。妻は松の木を見ながら、

「まアね、あなた、あの松の葉が此の頃それは綺麗《きれい》に光るのよ。」

「あたし、早くよくなつて、シヤツシヤツと井戸で洗濯がしたくつてならないの。」

と言うが、

「お前はをかしな奴だね。俺に長い間苦労をかけておいて、洗濯がしたいとは変つた奴だ。」

と笑われると、

「あたし、今死んだつてもういいわ。だけども、あたし、あなたにもつと恩を返してから死にたいの。此の頃あたし、それぱかり苦になつて。」

と言い出す。「しかし、もうこの女は助からない」と彼は思う。

「彼は自分に向つて次ぎ次ぎに来る苦痛の波を避けようと思つたことはまだなかつた。此の夫々《それぞれ》に質を違へて襲つて来る苦痛の波の原因は、自分の肉体の存在の最初に於て働いてゐたやうに思はれたからである。彼は苦痛を譬《たと》へば砂糖を甜《な》める舌のやうに、あらゆる感覚の眼を光らせて吟味《ぎんみ》しながら甜《な》め尽してやらうと決心した。さうして最後に、どの味が美味《うま》かつたか。——俺の身体は一本のフラスコだ。何ものよりも、先づ透明でなければならぬ。と彼は考へた。」

そう決心すると、

「彼は砂風の巻き上る中を、一日に二度づつ妻の食べたがる新鮮な鳥の臓物を捜しに出かけて行つた。彼は海岸町の鳥屋といふ鳥屋を片端から訪ねていつて、そこの黄色い爼《まないた》の上から一応庭の中を眺め廻してから訊《き》くのである。

『臓物はないか、臓物は。』

彼は運好く瑪瑙《めのう》のやうな臓物を氷の中から出されると、勇敢な足どりで家に帰つて妻の枕元に並べるのだ。

『この曲玉《まがたま》のやうなのは鳩の腎臓だ。この光沢のある肝臓はこれは家鴨《あひる》の生胆だ。これはまるで、嚙《か》み切つた一片の唇のやうで、此の小さな青い卵は、これは崑崙《こんろん》山の翡翠《ひすい》のやうで。』

するど、彼の饒舌《じょうぜつ》に煽動《せんどう》させられた彼の妻は、最初の接吻を迫るやうに、華やかに床の中で食慾のために身悶えした。」

彼は檻《おり》のような寝台の上から、臓物の煮え立つのを待っている妻の姿を「実に不思議な獣《けもの》だ」といってからかうが、妻は怒りながら、

「それはあなたよ。あなたは理知的で、惨忍性をもつてゐて、いつでも私の傍から離れたがらうとばかり考へていらしつて。」

と言いかえす。

「それは、檻の中の理論である。」

彼は整然とこう言うが、それは「彼の額に煙り出す片影のやうな皺さへも、敏感に見逃さない妻の感覚を誤魔化すため」に用意されていた結論であった。

しかし、夫婦間の神経の苛立《いらだ》ちはますます激しくなり、彼が時として腹立ちまぎれに看病の苦しさを言うと妻は黙って泣き出すばかりである。彼は「食ふためと、病人を養ふためとに別室で仕事をし」なければならなかったが、妻は仕事という理由で自分の傍を離れようとする良人を、また「檻の中の理論」を持ち出して責める。この病的な鋭い理論のために妻は「自身の肺の組織を日日加速度的に破壊していった。」

妻の身体《からだ》は次第に細くなっていき、好きな鳥の臓物さえも振り向きもしなくなった。そんな妻の食欲をそ

そるために、彼は新鮮な魚を縁側に並べて説明する。

「これは鮟鱇《あんこ》で踊り疲れた海のピエロ。これは海老《えび》で車海老、海老は甲冑《かぶと》をつけて倒れた海の武者。この鯵《あじ》は暴風で吹きあげられた木の葉である。」

だが妻は「それより聖書を読んでほしい」と言う。彼は妻の言いなりに看病を続けるが、身体の衰退とは逆に鋭くなる妻の逆襲に疲れ果ててしまう。

「『俺もだんだん疲れて来た。もう直ぐ、俺も参るだらう。さうしたら、二人がここで呑気《のんき》に寝転《ねころ》んでゐるやうぢやないか。』

すると、彼女は急に静になつて、床の下から鳴き出した虫のやうな憐れな声でつぶやいた。

『あたし、もうあなたにさんざ我ままを云つたわね。もうあたし、これでいつ死んだつていいわ。あたし満足よ。あなた、もう寝て頂戴な。あたし我慢をしてゐるから。』

こう言われると彼は不覚にも涙を出してしまう。

「――もうすぐ、二人の間の扉は閉められるのだ。

――しかし、彼女も俺も、もうどちらもお互に与へるものは与へてしまつた。今は残つてゐるものは何物もない。

その日から、彼は彼女の云ふままに機械のやうに動き出した。さうして、彼は、それが彼女に与へる最後の餞別《せんべつ》だと思つてゐた。」

そんなある日、知人からスイトピーの花束が岬を回って届けられた。「長らく寒風にさびれ続けた家の中に、初めて早春が匂やかに訪れて来たのである」。

彼は花束を捧げるように持ちながら病室に入った。

「どこから来たの。」

「此の花は馬車に乗つて、海の岸を真つ先きに春を撒《ま》き撒きやつて来たのさ。」

そうして妻は彼から花束を受け取ると、胸に抱きしめながら、花束の中に蒼《あお》ざめた顔を埋めて眼を閉じた。

生と死のふれあい

『春は馬車に乗つて』という題については、横光が好んで読んでいたノルウェーの作家キイランド（一八四九―一九〇六）の小説、『希望は四月緑《みどり》の衣を着て』という題の影響があった。伊藤整の説明によればキイランドは、「風景描写と観念とが美しい綾をなしてゐるやうな特殊な文体を持つた小説家であつて、新感覚派的文章に近い形のもの」を持っていた人である。

大正十五年六月二十四日、横光の必死の看護のかいもなく君子夫人は亡くなった。一カ月も前から宣告されていた、二十歳という短い生涯であった。

横光は看病に疲れた自分を次のように楽しく慰める。

「しかし、彼は此の苦痛な頂点に於てさへ、妻の健康な時に彼女から与へられた自分の嫉妬《しっと》の苦しみよりも、寧《むし》ろ数段の柔かさがあると思つた。してみると彼は、妻の健康の肉体よりも、此の腐つた肺臓を持ち出した彼女の病体の方が、自分にとつて何より幸福を与へられてゐると云ふことに気がついた。

——これは新鮮だ。俺はもうこの新鮮な解釈によりすがつてゐるより仕方がない。」

だが、死は何の臆面《おくめん》もなく妻の肺を蝕《むしば》んでいく。彼は死期の迫った妻の顔を見ながら、はじめのうちは涙を流していたが、次第にその悲しみを明るく迎えようとして、「彼は眼に触れる空間の存在物を尽《ことごと》く美しく見ようと努力し始めた。」(『花園の思想』)

この「美しく見よう」という努力は、妻に死が訪れるという事実を彼に「嘘だ。」と思わせ、「総《すべ》ての自分の感覚を錯覚だ。」と考えさせる。

「——何故にわれわれは、不幸を不幸と感じなければいけないのであらう。

——何故にわれわれは、葬礼を婚礼と感じてはいけないのであらう。

彼はあまりに苦しみ過ぎた。彼はあまりに悪運を引き過ぎた。彼はあまりに悲しみ過ぎた、が故に、彼はそのもろもろの苦しみと悲しみとを最早《もはや》偽りの事実としてみなくてはならなかった。

——間もなく、妻は健康になるだらう。

——間もなく、二人は幸福になるだらう。

彼はこのときから、突如《とつじょ》として新しい意志を創《つく》り出した。彼はその一個の意志で、総《あら》ゆる心の暗さを明るさに感覚しようと努力し始めた。もう彼にとつて、長い間の虚無は、一睡《いっすい》の夢のやうに吹き飛んだ。」

（『花園の思想』）

そこで彼は今は避けられない死を自ら希《のぞ》むことによって、妻への愛を遂げようとする。「死とは何だ。」――ただ見えなくなるだけである。彼は現実の死を、あたかも小説の中の死であるかのように、虚構の中に置きかえる。そして冷静に眺めることによって、逆に死を楽しく美しいものだと考える。

このように死を観念的に美化して、妻の死の幸せを願うという方法は「新感覚派」的な発想に基づいているが、それより以上にこの作品の印象を美しくしているものは、横光の妻に対する誠実な心根である。横光は特別に理由はないが、身辺小説を書くことを嫌ってきた。そして様々《さまざま》な意匠《いしょう》をこらした作品を書き続けてくるが、妻の死という厳《おごそ》かな現実に直面したとき、その理由のない意志はついに本来からの「自然感情的なもの」に負かされ、彼の底知れぬ抒情と人間愛とを暴露させてしまう。押さえに押さえても、押さえきれなかった要求によって描かれている故に、これら一連の病妻物語の輝きは増している。

「機械」

新しい試み

『機械』は昭和五年九月の「改造」に発表され、翌六年四月に白水社から刊行された新しい方法による短編小説である。

横光はこの作品を、昭和五年八月、山形県の由良海岸に一ヵ月ほど滞在して書き上げている。

「今から十七八年も前のある夏、ここから一里ほど左方の由良といふ漁村へ海水浴に来て、私は機械といふ作をそこで書き上げたことがある。」(『夜の靴』)

その頃一家は毎年のように、夏になるとこの日本海に面した由良の海岸で遊んだ。そこからは千代子夫人の郷里、鶴岡も近い。

横光は大正十五年の六月に君子夫人を失ってから、昭和二年にはこの鶴岡出身の日向千代子と結婚している。

この頃、彼はマルキシズムと格闘して、何とかそれに負けないものを打ち立てようと苦しい努力をしていた。そして、昭和三年の四月にはその解決策を求めるかのように、世界が雑居している上海へ旅立った。だが、帰国後の『機械』への新しい試みは容易ではなかった。藤沢桓夫《たけお》に宛てた七月二十八日消印の手紙で彼はこう書く。

「冠省。お手紙拝見。

此の頃の陽気で少しよくなられたとのこと、秋になれば大丈夫でせう。僕も一ケ月ばかり痔で入院して、それから一ケ月ばかり衰弱して何も出来ず、九月号のがつまつて来て弱つてゐる所です。昨日あたりから山形県の由良といふ海岸へ行く。家内と子供は昨夜立つたので、僕は『改造』*のを仕上げてと思ひ鉢巻きをしてゐるのだが、少しも進まず、向ふへいつてからまだ『中央公論』**と『日日』***の小説、と言ふ具合。だいたい衰弱のテイ度が僕の小説と同じ。まだ君のやうに十四五枚書いて、と言ふほどでないだけが良いだけです。

しかし、十日に十枚書くのと、一日に十枚書いて九日遊ぶのとは、健康、殊に胸にはどちらが良いかと考へると一日に一枚の方がはるかに良いと僕は思ふ。どうですか。(以下二十四日)

今日これから東北の方へ行く。『改造』のをだいたい書いたのだがどうもノドがまた痛くなつた。君も身体大切にせられたし。

僕はかなり疲れた。

また向ふから手紙出します。」

＊『機械』を指す　＊＊「中央公論」九月号に載った短編小説「鞭」を指す

＊＊＊「日日」とは「東京日日新聞」、現在の毎日新聞のことで、この年の十一月から連載する長編小説『寝園』を指す

この作品において横光は、その初期の作品からみえる「人間の不安定性」を、今迄の「新感覚派」的な手法をやめて、「私」という一人称の心理を通して一社会のからくり的機構の中に把《とら》えていく。その文体は、「私」の心理の動きに全くふさわしい、くねくねとした、改行のほとんどない、「息のつまるような」文体であった。

伊藤整はこの変化を、昭和四、五年頃盛んに紹介された、新しいヨーロッパ文学の影響、とりわけ、伊藤整らの翻訳したジェイムス＝ジョイス*の『ユリシーズ』、あるいは淀野隆三らの訳したマルセル＝プルースト**の『失ひし時を求めて』の影響によるものと推定している。いや、推定ではなく、「それは明らかに『文学』にのつたプルーストの影響であつた。」と断言している。

横光がジョイスやプルーストを読んで新しい文学について考えたことは次のように確実に示される。

*ジェイムス＝ジョイス（一八八二―一九四一）エールの小説家
**マルセル＝プルースト（一八七一―一九二二）フランスの小説家

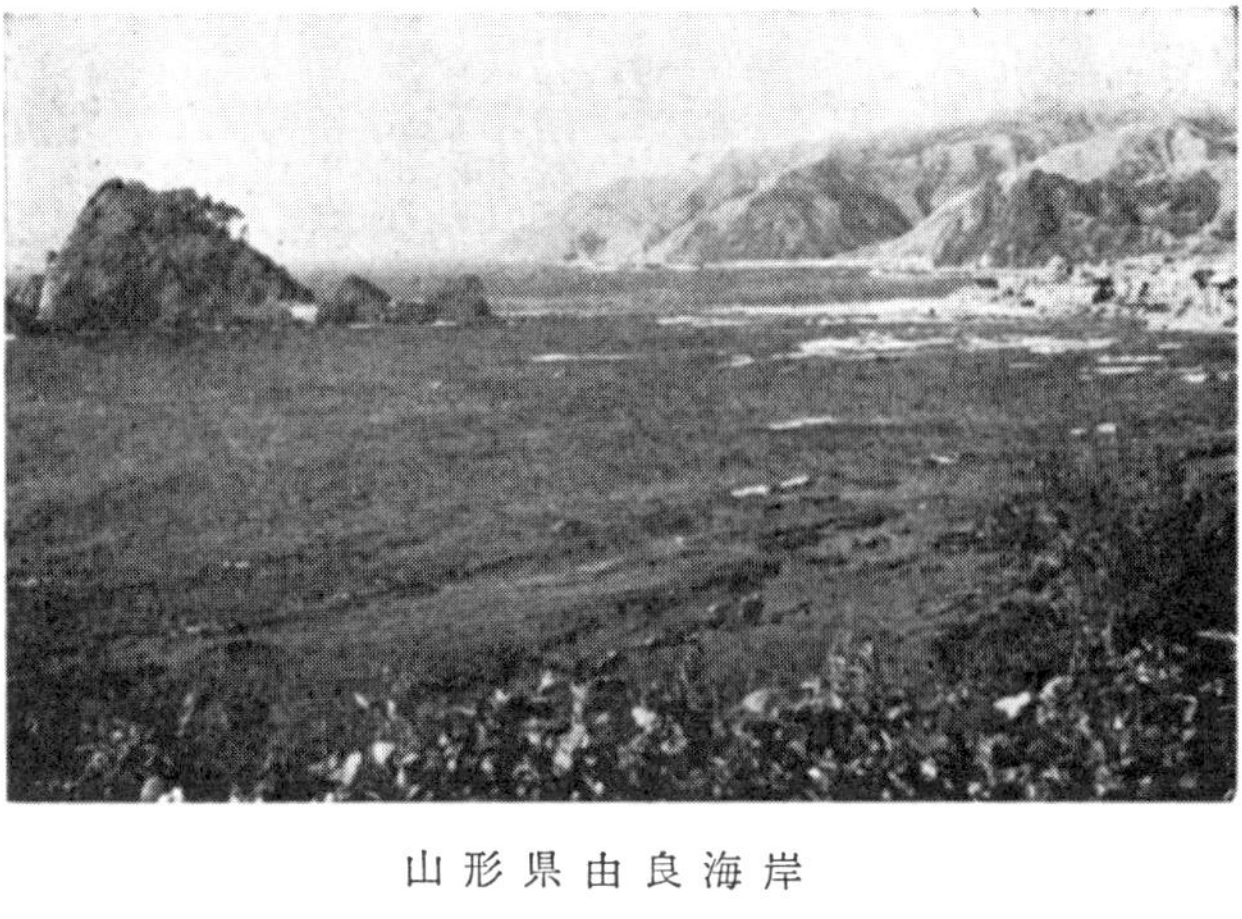

山形県由良海岸

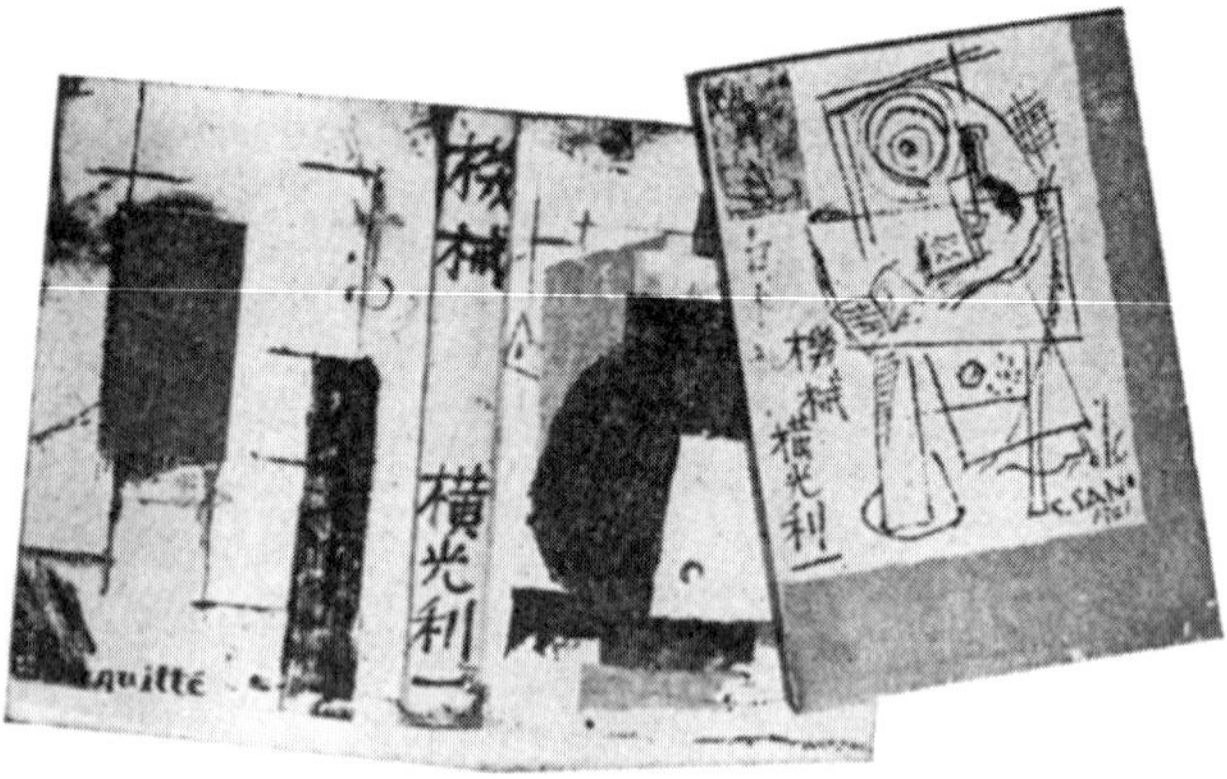

『機械』の表紙

「人は誰でも一度は蓄音機のレコードを逆にかけて、終止点から初めへ向つて針を動かしてみたくなつたり、人間一日の行動を休むことなく、フイルムに撮り続けてみたくなつたりしたことがあつたであらうと思ふ。

『ユリシイズ』や『失ひし時を求めて』の企ては甚《はなは》だ簡単なものである。ただあれほどの馬鹿なことを誰もする気が起らなかつただけなのだ。一日中の人間の行動を一日かかつて撮影することは、鳩の音を出さんとするとき本物の鳩を使ふ擬音の脱法行為とどこが違ふのであらう。

　ジヨイスもプルーストも明らかにこの点にかけては脱法者だ。脱法者は犯罪人である。しかし、裁判官はこれを罰する判例を知らない。しかも、何人も知らぬのだ。彼らは呆然《ほうぜん》とした自身のその逆説的な態度を押し隠すがために、自身の頭に解釈を与へねばならなかつた。現実といふものは、他の何物でもない自分の頭の貧弱さにすぎない。文学に於けるこの端的な解釈学は『ユリシイズ』と『失ひし時を求めて』の批評から新しく始まつて来た。

（中略）

現実の暗面――なるほど、現実には暗面はあるであらう。しかし、暗面といふものは、文字では絶対に表現することは出来ない。『ユリシイズ』の成功は、人間心理の暗面を描いたことではなく、暗面とは凡《およ》そ文字から逃げていく余白そのものに等しいといふことを誰よりも明瞭に身をもつて調査したことにある。われわれはこれに疑ひをもつても、もう一度調査しなければならぬといふ懐疑的精神を振《ふる》ひ起すには、もう人々の肉体はほど良く疲労を感じてしまつてゐる。

一度は必ず誰かがしなければならなかつたであらう徒労な疲労――それをしてくれたものはプルーストとジョイスである。しかも、その徒労な疲労を日夜せつせと翻訳した人々に対しては、私は恐怖を感じる。それは確かに科学的精神以上のものだ。」（「現実界隈」）

しかし、これは昭和七年五月の「改造」に載ったものである。

横光はここで、自主性のない人間、すなわち社会条件に応じて変化する人間の相対的な関係を「機械」の名で呼んでいる。それは独占資本主義の発達による高度な機械文明の中で、極度に疎外《そがい》される人間存在の危機感の叫びであり、『蠅』や『日輪』、「マルクスの審判」あるいは「ナポレオンと田蟲」を通して展開されてきた運命の不安定性の図式化であった。

『機械』の出現に驚嘆した文壇の芸術派たちは、ここで一挙に横光を「文学の神様」の座に押し上げてしまう。だが小林秀雄はここに「正しく横光利一の不幸の計画を私は見た。」と「『機械』論」で論じる。

『機械』のあらすじ

私は九州の造船所をやめて職を探しに東京へ出て来たのだが、途中汽車の中で上品な婦人にあったのが縁でこのネームプレート製造所に来ているが、今日出よう明日出ようと思っているうちに、ふとここの仕事の急所を覚えてからにしようという気になって一番危険な仕事に自分から興味を持とうとつとめ出した。よく観察していると、この家の主人はまるで狂人ではないかと思われるような振舞をするが、それを正気でするのだから、これは狂人ではなく無邪気なのだろうと思うのだ。従ってこの家の中の回転は細君中心になってきて、主人に関係のある私はこの家の中でも一番人がいやがる仕事ばかり引き受けていく。それは全くいやな仕事であるが、誰かがやらなければ家全体が回らないのだから、実は家の中心は細君ではなくその仕事をしている私にあるにちがいないのだ。そんなことを言ってていやな仕事をする奴は他に使い道がない奴だからこそと思っている人間の集りだから、黙っているより仕方がない。ところが一緒に働いている軽部《かるべ》は、私がこの家の仕事を盗みに来たスパイだと思っているのだ。そうして私のすることを目を光らせて見ているのだから、私にとっては馬鹿馬鹿しいことだが彼は真剣なのだから不気味であるが、まあ軽部なんかが何と思おうとただ彼をいらいらさせてみるのも彼に人間修養をさせてやるぐらいに思っていれば、それも楽しい。しかしそのうちに軽部の敵意は進んできて、私が働いていると不意に金槌《かなづち》がおちて来たり、薬品がすりかえられていたりするのだ。そうなると馬鹿は馬鹿でも私より劇薬にかけては先輩なのだから、お茶に入れておいた重クロム酸アンモニアを相手が飲んで死んでも自殺になるくらいのことは知っているのだ。それから私はいつ殺されるかと気になり出したが、しばらくするとそう簡単に殺されるものなら殺されてみようと思うようになり軽部のことなど自然頭から去っていった。

私の主人は金銭を持つと必ず落としてしまうので細君の気遣いは主人に金銭を持たせないことにあった。一度や二度でなく持ったら落とす方が確実だという男なぞ想像出来るものではないので、金銭の支払いをのばすための細君の手ではないかと考えてみるが、それより以上に変わっている主人の挙動のために私には細君のたくらみだとは思えないのだ。この主人は五銭の白銅を握って銭湯に行くという貧しさにあるに拘《かかわ》らず、困っている者をみると自分の家の地金を買う金銭までやってしまって忘れているのだ。そういう善良さのためにこの家は人から憎まれたことはないのにちがいない。ここの家の主人は五つになった男の子をそのまま四十にしたところを想像すると浮かんでくる。そんな軽蔑したくなりそうな男にも拘らず私がこの家を出たがらないのはどうみたって善良な主人が好きなんだから仕様がない。軽部が私に敵意を持って金槌《かなづち》を落としたりするのもこの主人を守ろうとする善良な心からだとすると、善良なんていうことは昔から案外良い働きをして来なかったにちがいない。

ある日主人が私を暗室へ呼んで秘密の研究を一緒にやってくれないかというので、それから私は今迄誰も入ることを許されなかった暗室へ自由に出入りしていたが、そうなると軽部の顔色はひどく変わってきた。私は相変わらず知らん顔をし続けていたがよくよく腹が立ったとみえて、ある時穴ほぎ用のペルスを私が使おうとすると急に見えなくなったので、君が今さきまで使っていたではないかというと、使っていたってなくなるものはなくなるのだから見つかるまで自分で捜せというので、それもそうだと思って捜《さが》してみたが見つからないので、ふと軽部のポケットを見るとそこにちゃんとあったので取り出そうとすると、他人のポケットへ手を入れる奴があるかという。他人のポケットでもこの作業場にいる間は誰のポケットだって同じことだというと、そういう奴だから主人の仕事も盗めるのだというので、それだったら君だってそうではないかというと急にぶるぶる慄《ふる》え出して、傍にあったカルシウムの粉を私の顔に投げつけた。私が悪いと思っていたが軽部の善良な心が慄えるのを見るのは面白い。しばらくしてまた仕事を続けようとすると、彼は私の首を持ったまま床の上へ投げつけて、今度はお前の顔をみがいてやろうといってアルミニウムの切片で私の顔を埋め出した。何が恐ろしいといって暴力ほど恐るべきものはない。すると次には私の頭を窓硝子《ガラス》にすりつけてその破片で切ろうとした。軽部はもう怒る気はなくただ仕方ないので怒っているのだと思ったので、私は自分が暗室でしている仕事を説明してやり、君にさせたくも化学方程式さえ読めないではないかと言おうとしたがそんなことも言えないので暗室へ連れていって、化学方程式のぎっしりつまったノートを見せて、これらの数字に従って元素を組み合わせてばかりいる仕事が面白いなら私に代わってしてもらおうと言うと、それから軽部は私に負け出した。

　それからしばらくするとある市役所からネームプレート五万枚を十日の間に作れと言ってきたので急に忙しくなった。それで主人は同業の友人の所から屋敷という職人を借りてきたのだが、この男の様子が何となく私の注意をひき始めた。これは秘密を盗みに来た回し者かと思っていると、軽部が自分の仕事の秘密を彼に説明している。私はひやひやしながらそれを聞いていた。屋敷の眼光は鋭いがそれが柔らぐと相手の心を分裂させてしまうという不思議な魅力を持っているのである。私は前には軽部から疑われていたのだが今度は自分が他人を疑う番になったのを感じると面白くなって、いよいよ屋敷に注意をそそいでいき、眼だけでも彼にもう方程式は盗んだかと訊《き》いてみると向うでまだまだだと応《こた》えるかのように眼を光らせてくる。そういうふうに頭の中で黙って屋敷と会話をしていると、彼の魅力が私にも乗り移って来てだんだん親しみを感じ出した。賢い男だからもう秘密など盗んでしまっているにちがいないのだが、盗まれた以上殺すことが出来ない限り盗まれ損するだけでどうしようもないので、もう今はこういう優れた男と偶然出会ったことを感謝すべきであろう。ところがある日軽部《かるべ》が急に屋敷を捻《ね》じ伏せてしきりに白状せよと迫っているのだ。思うに屋敷はこっそり暗室へ入ったのを軽部に見つかったのであろうが、私はそれを見ていてもとうとうやられたなと思うだけで別に屋敷を助けてやろうという気が起こらず、日頃尊敬していた男が暴力に会うとどんな顔をするかじっと歪《ゆが》む屋敷の顔をながめていた。私が黙って見ているものだから屋敷は奮然として軽部の下で怒るのだが、そういう屋敷を見るとやはりわれわれと変わりのない平凡な男だとわかり軽部にもうなぐることなんかやめて口で話し合うよう言うと、軽部は急に私を振り返って二人が共謀かというので、私は自分の態度を考えてみてなるほどそう思われないこともないと思い、共謀であろうがなかろうがそれだけなぐればもう十分だろうと言うと今度は私にかかってきて、貴様が屋敷を暗室へ入れたのであろうという。しかし私はそうして軽部になぐられているうち不思議にも軽部と私が示し合せて彼になぐられているように屋敷に思われるのではないかと心配になり、ふと屋敷を見ると彼はなぐられた者が二人であることに安心したらしく、君なぐれというと同時に軽部の後から彼の頭をなぐり出した。それで私も別に腹を立てていたわけではないが面白くなって軽部の頭をぽかぽかとなぐってみた。しばらくしてやめて二人を見ていると、今度は軽部が上になって一層激しく屋敷をなぐり出したが、どういうものか軽部は急に私にかかってきたので力のない私は屋敷が起き上って救《たす》けてくれるまでなぐられていると、起き上ってきた屋敷は不意に軽部をなぐらず私をなぐり出した。私は困りきって踏み倒されたまま二人からなぐられる程悪いことをしてきたのか考えてみると、私はどうもはじめから意表外な行為ばかりし続けていたにちがいない。結局二人から同時になぐられなかったのは屋敷だけで、本来なら彼が一番なぐられてよい筈なのだから彼が一番うまいことをしていたのだ。けれども実際この格闘の原因は屋敷が暗室へ入ったからだとはいえ、五万枚のネームプレートを短時日の間に仕上げた疲労が何より大きな原因になっていたに決っているのだ、特にこの工場の塩化鉄の臭素は人間の神経に疲労を感じさすばかりでなく、理性をさえ混乱させてしまうのだから。後になって屋敷が言うにはあのとき君をなぐったのは事件を終わらせるためだったのだ、それでなければ軽部はいつまで自分をなぐるかしれたものではないからと言う。そして軽部に火をつけたのは私ではないかと言うので私には何が何だかわからなくなったが、ただ二人が私をそれぞれ疑っていることだけは明瞭なのだ、だが一体どこまでが現実として明瞭なのかどうして計《はか》れよう。それにも拘らず私たちの間には一切が明瞭にわかっているかの如き見えざる機械が私たちを計っていて計ったままに私たちを押し進めているのである。

ようやく仕事は終わったが、今度は主人が製作品の代金を全部落としてきてしまったのである。私たちは青ざめきって語る者もなかったが主人を怒ることもできないので仕方なく呆然《ぼうぜん》としていると軽部がよしッ酒を飲もうと言い出したので、私たちは仕事場でそのまま車座になって十二時すぎまで飲み続けたのだが、眼醒《ざ》めると屋敷が重クロム酸アンモニアの残った溶液を水と間違えて飲んで死んでいた。結局酒を飲もうと言い出した軽部が疑われたのだが、重クロム酸アンモニアを造っておいたのは私なのであるから、私が酔って無意識に屋敷に飲ませたものでないとどうして断言できるであろう。屋敷を生かしておいて損をするのは軽部ではなく私ではなかったか。いやもう私は私がわからなくなってきた。私の頭も主人の頭のように塩化鉄に侵されてしまっているのであろう。誰かもう私に代わって私を審《さば》いてくれ。私が何をして来たか私に聞いたって私の知っていよう筈がないのだから。

無垢《むく》と誠実の叫び

ここに登場する人物は主人、軽部、屋敷、「私」の四人である。彼らの性格は次のようにはっきり区別して描かれている。

主人は「主人の貧しさは五銭の白銅を握つて銭湯の暖簾《のれん》をくぐる程度に拘らず、困つてゐるものには自分の家の地金を買ふ金銭まで遣《や》つてしまふ」ほどのお人好しであり、軽部は主人の細君の親戚のもので、頭はあまりよくないが、主人を守ろうとする善良さから「私」や屋敷をなぐるという腕力家である。そして、

「他人のポケツトへ無断で手を入れる奴があるか」

と言う常識家でもある。屋敷は新しく雇われて来た職人で、軽部とのなぐり合いが始まったとき突然「私」

をなぐっておいて、後で、

「どうもあのとき君を殴《なぐ》ったのは悪いと思つたが君をあのとき殴らなければいつまで軽部に自分が殴られるかしれなかつたから事件に終りをつけるために君を殴らせて貰つたのだ。赦《ゆる》してくれ」

と言うほど頭の鋭い理論家である。

彼らのそういう暴力だとか、理論といった世間に対する彼ら自身の武器の中で、「私」は何の武器も持たない無垢《むく》な人間である。そして、軽部に穴ほぎ用のペルスを隠されて、

「なければ見付かるまで自分で捜せば良いではないか」

と、明らかに「私」を怒らせる目的で言われた意地の悪い言葉に対して、「それもさうだ」とうなずくほど純粋であり、また、屋敷と軽部のなぐり合いのとき、何の理由もなく二人からなぐられながら無抵抗のまま、自分のどこが悪いのか冷静に考えこむような人間なのである。

「私」は主人のことを「五つになつた男の子をそのまま四十に持つて来た所を想像すると浮んで来る」と言うが、これは多少のニュアンスの違いはあるが「私」に対しても言えそうである。

「私」は世間との接触を全く絶たれた所で大人になったような人間で、従って常識という世の中の約束事を知らないままに、いきなりこのネームプレート工場に送り出される。このような「私」にとって、歴史の積み重ねの上に定められた人間同士の約束は全く無意味で、「私」には世の中とはただ、今この目の前にある現実しかないのである。「私」は軽部から世の約束事を知らされていくが、それをそのまま受け取って、

いわゆる子供が大人の社会の約束事や汚《きた》なさを知って、初めてその社会の仲間入りするような手ぬるさはない。だからこそ軽部の、

「なければ見付かるまで自分で捜せば良いではないか」

という、意地悪い反感の言葉を聞いても怒ることはなく、「それもさうだ」と感心してしまうのである。「私」の無垢《むく》はそれが常識、かつ反感の言葉であるとは知らず、持って生まれた誠実な心だけで、それを純粋な理論としてのみ受け取る。そこで「私」の心理は一つの事実に対して、あれがああなるとこれがこうなり、それからこういうふうになるのだと、一つの理論として万遍《まんべん》なく拡《ひろ》がって行き、その中で自分をも対等に評価していく。「現実」において常に「私」は世の約束事をそのまま鵜呑《うのみ》にしないで、いろいろな角度からそれを考え、そして人間同士の関係を見ていく。それがいつの場合でも「私」の中に罪悪感のように返って来るのは、「私」が無類な誠実の持ち主だからである。その誠実さが「私」を次第に狂わせて来る。

屋敷が水と間違えて重クロム酸アンモニアを飲んで死んだ。世の中の人は軽部が殺したように言うが「私」にはそうは思えない。軽部が「酒を飲まう」といい出したよりも前に、重クロム酸アンモニアを作っておいたのは「私」である。「私」とて以前屋敷が暗室から出たのを見て、秘密を知られたからには「彼を殺す以外に」「方法はない」と思ったこともあるのだ。その晩酒に酔っていたのは軽部だけではなく「私」とても酔っていたのだから、軽部が酔いながら無意識に重クロム酸アンモニアを屋敷に飲ませたと同様な理由で、「私」がやったのかも知れないのだ。

「全く私とて彼を殺さなかつたとどうして断言することが出来るであらう。軽部より誰よりもいつも一番屋敷を恐れたものは私ではなかつたか。日常彼のゐる限り彼の暗室へ忍び込むのを一番注意して眺めてゐたのは私ではなかつたか。いやそれより私の発見しつつある蒼鉛と硅酸ジルコニウムの化合物に関する方程式を盗まれたと思ひ込みいつも一番激しく屋敷を怨んでゐたのは私ではなかつたか。さうだ。もしかすると屋敷を殺害したのは私かもしれぬのだ。私は重クロム酸アンモニアの置き場を一番良く心得てゐたのである。私は酔ひの廻らぬまでは屋敷が明日からどこへいつてどんなことをするのか彼の自由になつてからの行動ばかりが気になつてならなかつたのである。しかも彼を生かしておいて損をするのは軽部よりも私ではなかつたか。」

このひたむきに誠実で無垢《むく》な「私」はここでとうとう叫びを上げて、

「誰かもう私に代つて私を審《さば》いてくれ」

と、助けを求めてしまう。「私」にこの叫びを上げさせたのは、この工場で使われる塩化鉄の臭素であり、機械の鋭い先尖である。いま一歩つきつめて言えば、このような善良で誠実な人間たちを狂わせたのは、高度に機械文明の発達した社会の構造なのである。

横光はここで機械文明批判をしていることになるが、この「私」の誠実は、それは横光自身の誠実さでもあるが、機械化された社会構造の中で崩されずに保たれ続ける。誠実に人間関係を考える「私」は自意識過剰に陥っているのであるが、横光はこういったタイプの人間をこれからも次々に描き出していく。それは完全に同一性格とはいえないけれども、これに続く『時間』の「私」がそれであり、また、『寝園』の仁羽、『花花』の伊室、『紋章』の山下久内、『雅歌』の羽根田、『時計』の宇津、『盛装』の道長、『天使』の幹雄などといった主人公たちもそれである。

紋章

『紋章』は昭和九年横光が三十六歳のときの作で、その年の一月から九月まで「改造」に連載され、同九月に改造社から刊行された長編小説である。

モデルのいる小説

この小説は生涯編にもふれたように昭和十年の七月に第一回文芸懇話会《こんわかい》賞を受けている。また、昭和十五年三月から続編として「続紋章」を「改造時局版」に連載したが十一月まででやめ、後単行本としてまとめるつもりであったが結局未完のままに終わった。この小説の雁金《かりがね》八郎には長山正太郎という具体的なモデルがいる。横光と長山正太郎との出会いは菊池寛の家でであった。

大正十年、二十六、七歳の頃の長山が失恋のあげく、身の上相談のつもりで訪れたのが文壇の大御所としてときめいていた菊池寛の家であった。それから何度か菊池の家に出入りしていたが、大正十二年九月一日の関東大震災の時、「御恩報じはこの時とばかり」味付パンを米袋いっぱいつめて、千葉県の松戸から徒歩で菊池の家にかけつけた。

「其時菊池氏宅に身を寄せてをられた若き青年が横光氏で、これが同氏に逢つた最初である。其後氏の移転先、阿佐ケ谷の宅で、また昭和七年八月九日文芸春秋で逢ひ、長時間会談し、この時の私の身の上話に

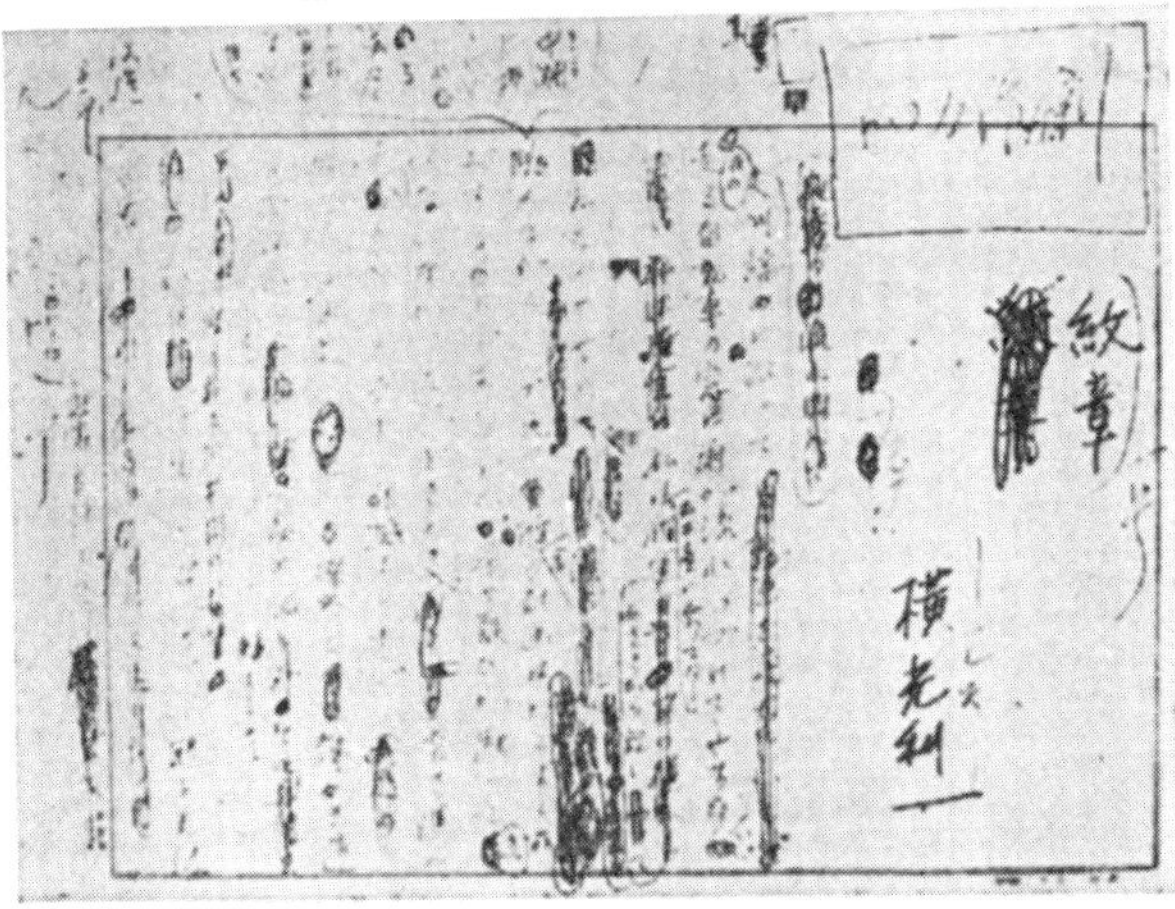

上、『紋章』の表紙
下、『紋章』の原稿

非常に興味を持たれ、後これが氏の小説『紋章』のすじ書きとなつたのである。」（長山正太郎「私をモデルにした横光氏」）

長山正太郎は茨城なまりを丸出しにした朴訥《ぼくとつ》な人であり、水戸藩士の家に生まれた。この小説の主人公雁金《かりがね》も水戸の名門の出として描かれている。

「（長山正太郎は）生れつき何かしら考察してゐないと気のすまんたちであつた。『いんげん豆とえんどうによる醤油速醸法』といふので最初の特許を得たのは年もまだ若い二十五の大正九年である。それ

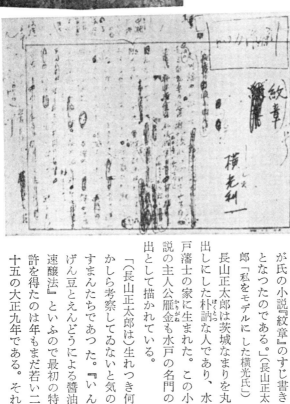

に力を得たかれは、さらに魚の廃物を材料にした酵素利用の干物の製造法であるとか、〃いわし〃を始めいろんな魚類の水産加工を思ひ立つて、其の翌年は、その頃〃いわし〃の全国的集散地として知られてゐた富山県氷見町（ひみまち）に移つた。ここでものちに特許を得る幾つかの考案をなしとげた。

その頃不図《ふと》彼の眼を射たのは、あの四季を通じて色ひとつ変へない松のみどりだつた。氷見町といへば雪深い北国でも名うての雪どころである。十尺にもあまる白一色のなかにうづもれてゐても、其の色はいよいよ冴《さ》えて、寒さにつけ暑さにつけ凜《りん》としたすがたを保つてゐるのを見て『松のみどりにはなにか特殊な精力的なものがあるに違ひない』とチラと彼の頭をかすめたのである。

それで彼の郷里水戸藩に昔から伝はる秘薬、松葉酒をいろいろ調べると、強精不老長寿の薬として『松葉は邪気をはらひ、五臓を壮快にし精力を強固にする』といつて推賞してゐた事がわかつた。この松葉酒に科学的な面をとり入れて一般の嗜好《しこう》に合ふ様な滋養強壮剤をつくり出さうと精進した。」（臼井皎二「横光利一氏と『紋章』」）

横光はこの長山正太郎の波乱の多い半生を「私」という一人称で物語的に描いているが、この「私」は主観的な告白をする人物でもなければ、作者の代弁者でもない。小説の中の人物がひとり歩き出来るようになると、いつの間にか姿を消してしまう「私」で、読者には「私」がどういう顔つきをして、何を考えているのか全くわからない。これはドストエフスキー*が『悪霊』で、虚無的な近代知識人の姿を描くのに用いた近

*（一八二一―八一）ロシアの作家。『悪霊』は一八七二年完結

代小説の便法であり、横光はこれを模倣《もほう》したのである。

そして、横光はこの「私」を後に発表する「純粋小説論」（昭和十年四月「文芸春秋」）で「第四人称」と名づける。「第四人称」とは自意識の人称、すなわち「自分を見る自分」という新しい存在物の人称だと彼は言う。この「純粋小説論」にはジイド*の『贋金《にせがね》つくり』にみられる意識的なメロドラマ性の影響がある。それは意識的に偶然の因子を用いて物語の筋を運ぶということであるが、「偶然」が現実を変え得るという思想は、横光の初期の作品からみられるものである。

『紋章』のあらすじ

雁金《かりがね》八郎は東京近郊の県下にあって、その郡第一の資産家であり、代々勤王をもって知られている名門の出である。しかし、父の頃から家産が傾き、彼の青年時代にはよそで働かねばならなくなった。彼の土地では資産よりも名門を尊ぶ風習があったので、生活していくには困ることもなかったが、欧州大戦後の物価騰貴《とうき》時代にあって、雁金の野望はひたすら家産の挽回《ばんかい》にある。

まず雁金は芋取醤油の株式会社を創ろうと決意して、資産家杉生兵衛の出資を受け、兵衛の息子薫と山陰に赴き、発明家山崎俊介を訪ねる。山崎は客貌魁偉《かいい》で、発明家に似合わぬ弁舌爽やかな人物であったが、彼はこの二人に芋取醤油の発明のことよりも、その権利を売りつけようとしていた。雁金と薫はまんまとだまされて多額の金で取引をすませると意気揚々と帰国し、会社設立の準備をすませたが、最後に特許醤油専門

＊（一八六九―一九五一）フランスの作家。『贋金つくり』は一九二六年出版

家の証明が必要なのを知り、醸造家塚越逸作を紹介され再び山陰に赴いて、はじめてだまされていたことに気付く。まもなく、この絶望の果てで彼は祖先から流れて来たその家系独特の紋章の背光を受けて、純粋な希望に鋭く燃え立っていく。彼の行為には国家という観念がいつも大海のように押し迫っていて、あたかも日本精神の実物を思わせるようなところがある。

それ以来、雁金の発明に対する不幸と狂気に近い研究心が、彼の運命をひきずり回すようになる。だまされた雁金は郷里に帰ることもできず、そのまま山陰にとどまり、醤油醸造の原理を究《きわ》めようと決心して、醸造家藤田銭吉の門を叩《たた》いた。温厚篤実な藤田の教えを受けながら、簡単に隠元豆《いんげんまめ》から醤油を取ることに成功し、一躍《いちやく》「醤油醸造界に於ける一大革命児」になる。ところが不運にも隠元豆がヨーロッパへ向けて輸出され始めると、隠元の値段はたちまち大豆を追いこしてしまい、隠元が大豆の半値であっての雁金の発明は何の役にも立たなくなってしまう。

無一物になった雁金は郷里のものからも見放され、東京に出て押坂自動車店に勤めるが、ここでも仕事のかたわらバナナの皮から酒を取る発明に苦心する。これも難なく成功し、詫《わ》びかたがた今度の資金を仰ぐつもりもあって東京にある杉生家の別宅へ出向くが、その玄関から出て来た婦人を見ると狂気のようにそのあとを追いかけて行く。

この婦人は杉生兵衛の娘敦子で、雁金とは以前婚約の間柄にあったが、雁金が失敗してからか、敦子は醸造界きっての大家山下清一郎博士の息子久内に嫁いでいる。魅力のある、若々しい、そしてどこか軽はずみなところのある知的な敦子は女子大を出ているが、雁金は小学校しか出ていない。けれども敦子の破婚の理由はそのことにはない。敦子は言う。

「あたくし、あの方を今だつて、大学を出た男の方たちよりずつとお偉いところの沢山ある方だと思つてゐることには、ちつとも前とは変りございませんの。だけど、あたしがあの方を嫌になりましたのは、一つは雁金さんの、まア運命が嫌になりましたの。」

「そりや、あんな不運な方つていらつしやらないと思ひますのよ。あたしたち、矢張り女ですから、不運な方のお嫁さんなんかになりたくはございませんわ。それやね、誰だつて人間ですから、運の悪いときはあらうと思ひますけど、だけど雁金さんの運の悪さといつたら、あたくしなんかをぞつとさせておしまひになるやうな、よくよく見限られてお生れになつたやうな方ですのよ。」

敦子の夫、久内は自意識の過剰に悩んでいる近代知識人ともいうべき誠実な人間で、雁金と敦子との以前の関係を知っても、貧窮にもめげず自ら困難を求めて進む雁金の強さに尊敬の念を抱き、彼に近づきたいと願う。

こうして雁金は久内とも会うようになったが、山下博士が魚類から醤油を取る発明をしたのに刺激され、彼もまた魚醤油の発明に苦心する。だが山下博士の発明による合資会社の事業は失敗した。すると雁金は一層の熱情をこめてこの発明にあたり、とうとうその原理を解きあかしてしまう。しかしそれを実験する場がない。そこで彼は東京近くの物産研究所に入り、所長多多羅謙吉の好意によって、そこに実験装置を得、見事に成功する。新聞は再び彼の発明を取りあげて、「醸造界の革命児再び大発明」という見出しで報道した。彼はあちこちの講習会に招かれ、または、物産学校の講師に招かれたりして、その発明的天才を社会的に認められていく。

それに反して、醸造界での山下博士の権威は見るも気の毒なほど地に落ちてしまう。そんなある日、敦子が訪ねて来て言う。

「あなた、あたしんとこのこと、少しはお考へになつたことありまして？　もうそれは散散よ。」

「お父さん、それやお気の毒なんですから、あなたにこんなこと申し上げちや何んですけど、あの方このごろ、御病気までしてらつしやるんですのよ。」

「とにかく、あたしみたいな分らないもんにでも、蜂の巣突ついたみたいになつてゐることだけは、分りましたわ。今まで黙つて耐へてゐたお父さんの敵方の学者の人たちも、このときだとばかりに総立ちになつて騒いでゐますのよ。久内もぢつとしてゐられないと見えて、それやこのごろは苦しさうですわ。」

「あなたはあたしのお金を、どうしてとつて下さらなかつたの？　あたしのお金で今度の発明でもして下さつたら、お父さんだつて、久内だつて、どれほど助かつたか知れやしないんですのに。」

だがそれは雁金にはできないことである。彼には悪意など毛頭ない。それに、醸造界では何か一つ研究しようと思えば、それの出来る所はみな山下博士の配下で固められている。それが山下博士の発明を倒したとなればその方から風当たりの強いことも道理である。それから間もなくして、所長の多多羅は雁金を呼び、特許権の自分と雁金との共同名義を提案する。このとき雁金は前の主任技師早坂達三の、多多羅には注意せよとの言葉を思い出して、この申し出を拒絶するがその理由はこうである。雁金は「研究をさせて貰つた恩義を感じ、その返礼として所長の言ふままに名義を多多羅と二人にしておいても良いと一時は思つた」が、「また考へると、研究所といふ公の名にしてならとにかく所長私人の名義としては、研究所が国立である以上、公器を利用するといふ一点で一種の贈賄《ぞうわい》になると思つたので、精神上の苦痛に襲はれて思ひとまつた」のである。

ところが山下博士の推薦《すいせん》によってこの物産研究所の所長になった多多羅にしてみれば、自分の恩師を顚覆《てんぷく》させるが如き発明に援助したのであるから、せめて雁金の特許権を自分名義にして巨利でも得ない限り腹のおさまらないことである。そういう、雁金の正直さと人の好さにつけこんだ彼の計画は失敗し、ついに多多羅は雁金の研究に妨害を加え、辞職を強制しようとした。

非道な多多羅のやり方に反感を抱いていた所員達は雁金の味方をして、研究所の前に一軒家を借り、そこで実験を続けさせるが、やがて多多羅は退職命令を出して雁金を追放する。雁金もついにこれに対して声明書を書くに至るが、「何といつても多多羅がゐてくれなければ、自分の発明は学界をあれほど震撼《しんかん》させることは出来なかつた」と思い、恩義の重みに歎息をもらしつつ筆をすすめる。

やがて彼は所員達が借りてくれた家で酵素利用乾物製造法に成功し、盛大な試食会が催される。これには久内も出席して、

「私は今皆さんからいろいろと御叱りを受けました山下清一郎の息子の久内と申すものであります。（中略）（雁金さんが）今日何らの汚れもなく、私に御招待を下さいましたこの美しい、私ならとても出来さうもないと思はれますお心を用ひて下さいましたことは、ここにゐられる皆さま方の誰も御存じないことと思はれます。私の父も、これで定めし心が休まることと思はれますが、何のなすところもない不肖《ふつつか》な私が、今日はからずもこのやうな、父にとりまして心休まることをなし得ましたのも、これも皆雁金さんの美徳のためと、不思議な一種の感激を覚えたのであります。」

と挨拶《あいさつ》する。すると会場はこの久内の美しい心情に興奮してざわめき出し、会は大成功に終わる。

しかしながら、酵素利用乾物製造法は多多羅のくさや研究に対抗して企てられたものであるため、当然多多羅側からの執拗《しつよう》な反撃を浴びねばならなかった。この特許に対して山下博士から異議申し立てがなされる。これより山下、多多羅一派の雁金圧迫運動が開始され、多多羅は「一人誰かが犠牲になる覚悟をもつて山下博士に恩顧を受けた学界から諸官庁の所員にいたる全網の大系統を動員し、尽《ことごと》く博士のために活動し始め」「雁金の活動力を封鎖させ、彼の名声を一挙に失墜させる」ために死物狂いの暗躍《あんやく》を始める。新聞では雁金の特許は「実は山下博士と多多羅謙吉氏との研究を窃取《せつしゆ》した詐欺《さぎ》であつて、学界の視聴を集めてゐた彼雁金は全く猫を冠つた大山師であつた」と叩く。

このときから雁金の名声はたちまち落ち、怒った雁金は弁理士原田実造に頼みこんで、彼らの不正をあばこうとするが、すべてが嘘の申し立ての上になり立っている不正であるので、どこから手をつけてよいかわからず、また、原田の方は明らかに雁金を詐欺《さぎ》だと信じていたのでどうにもならない。それではと、彼は一人で日夜奔走《ほんそう》して証拠を探し出す。すると偶然にも多多羅の研究日誌が公文書偽造《ぎぞう》であると知り、次第に彼の不正を明らかにすることが出来る。だがそれも最後のところで多多羅に気づかれ、すべて握りつぶされてしまう。

それでもひるまず争いを続けるが、雁金の方が正しいと思う審査官たちも山下博士の権威の下で板ばさみになり辞職していく。結局両方に悪くないような判決を下す以外方法はない。この長びく争いにやりきれなくなった雁金は富山県に行き、松葉から酒を取ることを発明する。しかしまだまだ抗争は続く。雁金は始めからやり直すつもりで、和木博士の教えを受けつつ、高遠技師のもとで特許理由書を充実させるために実験を行なう。高遠は山下博士の弟子であるにかかわらず、雁金に味方をしてくれ、ついに酵素利用乾物製造法の特許を取ることが出来たが、この高遠の公正な誠実さのために、以後多多羅への怨恨はすべて水に流してしまおうと決心する雁金である。

しかし、相変わらず彼は貧乏である。

「そりや、貧乏ですよ。どういふものですか、私は一つの発明を完成さすと、それをどうしようといふよりも、もう次ぎの発明をしたくてしたくて仕様がありませんですがね。今度また新しいのが二つばかり出来かかつてゐるんですよよ。」

純真な発明マニア

発明マニアとしての雁金の生涯は、山陰の発明家山崎俊介にだまされたことから始まる。雁金は名門としての自家の資産の挽回《ばんかい》をはかろうとする野望にもえて、山崎の芋醤油製造を種にした詐欺《さぎ》にとびつき、親戚や郷里の後援者たちにひどい迷惑をかけたままなげ出され、「絶望の窮極の果てに落ちこんでしまつた」のである。そのときから「雁金の精神は、も早や落ち込む必要のなくなつた純粋な希望に鋭く燃え立つていつた」。それは彼が名門の出であつたからだと横光は次のように書く。

「絶望の果てには、名門家といふものは私たちの想像を赦《ゆる》さぬほど、祖先から貫き流れて来たその家系独特な紋章の背光のために、行動も自然に独自の姿となつて来るといふことは、私は一つの不思議な現象だと思ふ。雁金には常常から家系が代代勤王をもつて鳴つてゐたために、彼の行為には、国家といふ観念が大海のやうに押し迫つてゐたことを私は見受けたが、しかし、彼の国家に対する観念は、まだ民衆から独立した巨大な別個の存在のもののごとく映つてゐたと思はれるふしがあつた。けれども、彼の頭に国家がそのやうに印象されてゐたといふことは、彼の行為の上では、およそ何事にもよらず、ただ自身が正しいと直覚したことのみに驀進《ばくしん》するといふ勇壮果敢な表現をとつて少しも怪しまなかつたところに影響した。私は彼がいかに蟄居《ちつきよ》してゐるときを考へても、彼から不正な感情を抱いたときの表情を想像することが困難である。もし日本精神といふものの実物があるものなら、私の知つてゐるかぎりに於ては、先《ま》づ雁金の相貌と行為とを考へずしては容易に考へ得られることだとは思へない。」

他の人々が日本精神を軽蔑して、ヨーロッパ精神に傾いているとき、雁金はひとり日本精神を固持して自分の道をつき進んでいく。それが醸造方法の発明研究という道であった。彼は発明のために、ただ正義と国家の観念を持ってつき進むだけで、世間に対する体裁《ていさい》のよい妥協《だきょう》を知らない。横光はそういう直情径行型《ちょくじょうけいこうがた》の人間として雁金を描き出している。

彼は小学校しか出ていないが、発明に関しては鋭い頭脳の働きと行動を示し、そのため、敦子という教養と富とを身につけた、近代ブルジョア階級の美しい女性に心を寄せられ、「大学を出た男の方たちよりずっとお偉いところの沢山ある方」だと言われる。また、後に述べるけれども、行為と意識の分裂に悩む近代知識人としての山下久内も、雁金が自分の妻敦子の、かつての許婚《いいなずけ》という敵の立場にあるに拘らず、雁金の行為を伴った純真さに頭を下げ、自分の行為と比較して厳《きび》しく自分をみつめる。

雁金はもちろんそういう久内の苦衷《くちゅう》を知らず、ただ彼が自分に示してくれる温《あたた》かさしか解せないが、何の疑念も抱かずに久内に会ったり、試食会に招待したり、あるいは敦子とも会ったりする。それが許されるのは、雁金の持つ朴訥《ぼくとつ》な純真さゆえなのであり、もし、雁金に少しでも悩める久内の姿がわかったなら、久内は当然雁金には魅力も敬意も感じないことであろうし、近づかないことになる。雁金にわかることは、久内の人の好さと、自分の行為を素直に認めてくれる物わかりの好さだけなのである。

この直情径行型の主人公は、発明のこととなれば狂人同様で、義理人情などまたたく間に消えてしまう。そして「兇悪《きょうあく》な猛獣のごとき」多多羅に封じられても、「政治的に周囲に押されて計画的に闘争するといふやうな粋《いき》なことなど出来るものではない」と横光は説明する。発明家の多くはこの雁金のようなタイプの人間で、さきにのべた山崎のようなずるい発明家は珍しいタイプとして描かれる。

また、この雁金には、日本精神と付随《ふずい》してくるものであろうが、非常に物堅い、恩義に厚い面がある。それは多多羅と抗するとき最もよくあらわれてくるのであるが、多多羅の申し出た特許の共同名義を拒絶したとき雁金はこのように考える。

「雁金は研究をさせて貰つた恩義を感じ、その返礼として所長の言ふままに名義を多多羅と二人にしておいても良いと一時は思つた(中略)が、また考へると、研究所といふ公の名にしてならとにかく所長私人の名義としては、研究所が国立である以上、公器を利用するといふ一点で一種の贈賄《ぞうわい》になると思つたので、精神上の苦痛に襲はれて思ひとまつた」

それでも、やはりときどき、多多羅への恩義の重みに襲われている。この多多羅への恩義と、国家への物堅さとは両立するものではなかった。

横光はヨーロッパ化された近代社会の中に、いきなり日本精神の塊《かたま》りのような、純真無垢《むく》な人間を押し出して、目に見えぬ社会構造のからくりと対決させ、最後までそれと闘ってひるまぬ人間として雁金を描いている。そしてこの雁金が、モデル長山正太郎を脱して、芸術性を帯びてくるのは、横光がそこに、雁金とは対照的な山下久内を登場させたからにほかならない。

悩める近代知識人

前述のような雁金の人間像を浮き彫りさせる役目として現われてくる久内は、夫人の敦子に言わせると、「大学の法科を出て七年にもなるのにまだどこへも勤めようともせず、親から金を貰つてただぶらぶらしてゐるだけ」で、生活をしていても、希望がどこにあるかわからないというような人物である。だが、敦子には久内がそうせざるを得ない根本の理由などわかりようもない。従って雁金に近づきたいという久内の心持ちもわからない。

彼は西洋文化の強い影響を受けて、「精神が虚空《こくう》に浮き上り、随《したが》つて動作が奇怪で判断に迷ふ」ような所がある。そういう知識の深みに達している久内にとって、貧窮をものともせず、自ら困難に身をつきあてて進む雁金は、限りなく尊敬に価《あた》いする人物だった。

そして、敦子と別居するとき、その理由として、

「俺は自分の惨《みじ》めな心を先づどうにか整理をつけなければ、傍からお前にどれほど親切にされたつて沈み込んでいくばかりだからね。」

と言う。しかしそれだけでは、敦子の昔の許婚《いいなずけ》であったという雁金の出現に、ばたばたしているのだと誤解されるだけである。ほんとうは、雁金の意志の強さと実行力が、自分を苦しめているのだと伝えようとして、さらに次のように言う。

「お前は俺といふものが、お前のためにどたばたしてると思つてゐるのだ。ところが俺は、それはさうかもしれないが、そんなことは俺にとつては何ほどのことでもないのだ。俺を動かしてやきもきさせてゐる

ものは、俺の周囲の眼に見えた事情にはちがひないけれども、それをさう思ふやうにする俺の気持ちやお前の気持ちが、俺にはいやなのだ。分つたかね。」

「俺が当分の間家出をしてひとり生活をしたいといふのは、つまり俺といふものがちつとも俺の自然な動きをしようとしないからなのだ。俺は一度自分の自然なところを見て、心を整へてからでなくちや、俺の心といふものが自分に納得させるわけにはいかんぢやないか、ところが、お前は俺の行動ばかりを見て、いちいちひつかかつてくるとなるとますます俺も平衡《へいこう》を失つていくばかりだからね。一度それで俺は俺になるから、お前もお前になると良いのだ。後はそれからもう一度お前も俺も建て直しだ。」

これらは久内の本心であるが、いくら久内が自然な動きをしようと思つても、いつも高い知覚がそれを邪魔してしまう。自分の無力さを思えば思うほど、久内にとって雁金は、信頼出来るひとつの大きな夢となり、その前にひれ伏すことによって、自分を慰める。

「ああ、あの雁金といふ男は、ドン・キホーテだ。俺はあの男のサンチョ・パンザだ。」

これが、意識と行為の分裂に悩む近代知識人としての久内の叫びである。

彼はジイドの "Le Promethée Mal Enchainé" のプロメテの言葉を引き出して、こう書く。

「われわれは人間について考へなければなりません。しかし、人間について考へるといふことは、人間に同情すること以外にはありますまい。私は彼らに火を与へ、焔を与へ、その他、焔に基づくあらゆる技術を与へました。そして彼らの精神を熱せしめ、その中に進歩に対する貪婪《どんらん》な信念を燃え上らせました。かくして人間の健康が進歩を産むことに費されるのを眺め、不思議な歓喜を覚えたのであります。——すでにこのやうになりますと、善に対する信念ではありません、より善きものに対する病的な希望であります。進歩に対する信念、それは人間共の鷲《わし》であつたのであります。諸君、我我の鷲は、即ち我我の存在理由なのであります。」

「人間の幸福は次第に小さくなつてゆきました。しかし、もうそんなことは私にとつてどうだつてかまひません。鷲が生れてゐたからであります。もはや私は人間を愛さなくなりました。私の愛し始めたものは、人間を食つて生きてゐる鷲であります。かくして私にはもう歴史のない人類が終りを告げました。人間の歴史とは即ち、鷲の歴史に他なりません。」

このプロメテの苦悩、それは久内の苦悩でもある。「私」はその久内を、「左様に高い部分で今や混乱に混乱を重ねながら、うづくまつてしまつてゐる近代の知識人にちがひなからう」と規定する。それは、外国文化の影響を受けた、日本人とも、外国人とも区別のつかない、一種不可思議な人種であった。そして、『紋章』を書いた原因を、横光は次のように記している。

「映画も科学も哲学も、その他宗教、政治、経済、などおよそ地上に現れ移り来る文化が、とめどもなく読者と作者の頭脳を震蕩《しんとう》しつつ、引き返すべき限度を失つて進展する。わが国の知識階級がこのやうな発展の姿をとつてゐるときに、ふと、それではわれわれ日本人の根底に坐りつづけて来た昔からの精神は、いつたいどうしてしまつたのであらうか、と振り返つてみたのが、私の『紋章』を書く原因といつても良い。」(昭和十五年三月新日本文学全集横光利一集「解説に代へて」)

『紋章』ではまだ対立するまでに至っていない、この日本人の昔からの精神と、西洋文化とが、対立したものとして描き出されるのが『旅愁』である。

旅愁

前にも記したが、横光がパリへ行ったのは、昭和十一年の春から夏にかけてであった。そのとき、「文芸春秋」と「東京日日新聞」に寄せていたパリからの通信『欧州紀行』をもとに、彼は厖大《ぼうだい》な思想小説を試みた。それが『旅愁』である。『旅愁』は帰国した翌年、昭和十二年四月十三日から八月十五日まで、六十五回にわたって、「東京日日新聞」と「大阪毎日新聞」とに同時に連載され、それからしばらく筆をおいて後、昭和十四年五月から、まる一年間「文芸春秋」に書き続けられた。なおその続編を後少しずつ発表していたが、結局未完のままにおわった長編小説である。

未完の長編

『旅愁』の前半は、パリを主な舞台にしてくりひろげられる、西洋と東洋との思想的な会話が主体となっており、そこにいくつかの恋愛がもりこまれている。それは、パリにいる日本人同士、あるいは日本人と外国人との恋愛であるが、特に最後まで描き通されるのは、矢代耕一郎と宇佐美千鶴子とのプラトニックな恋愛である。それがこの小説の恋愛を独特なものにしている。後半では、この恋愛から生じる矢代の精神的苦悶が主軸をなしている。それは矢代の日本主義と、千鶴子のカソリック信仰とから来るものであるが、そこには横光自身の苦悩の一端がうかがえる。

特に、後半の描かれる時代は、太平洋戦争勃発の危機をはらんで、日本国中が国粋の色に塗りこめられていた時代であった。従ってそういう表面的な国粋主義に、穏《おだ》やかに追従した考え方だという非難の声も湧き上がった。けれども、横光の苦悩はもっと根深く、日本という祖国を考えるところに生ずるものである。彼は「門を閉じて客との面会を謝絶し、この作品に心血をそそいだ」のである。（中山義秀『台上の月』）

ちょうど同じ頃、昭和十二年四月から六月、当時文壇の老大家永井荷風は「東京朝日新聞」の夕刊に『濹東綺譚《ぼくとうきだん》』を連載していた。横光の『旅愁』が、いわゆるお堅

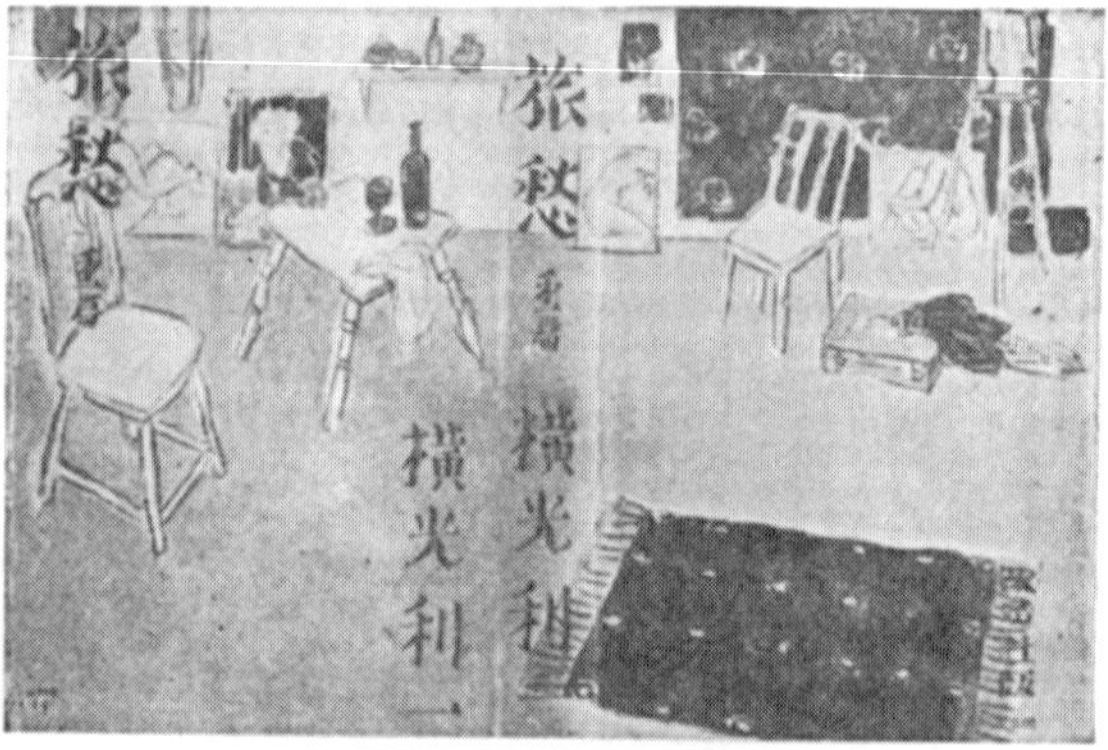

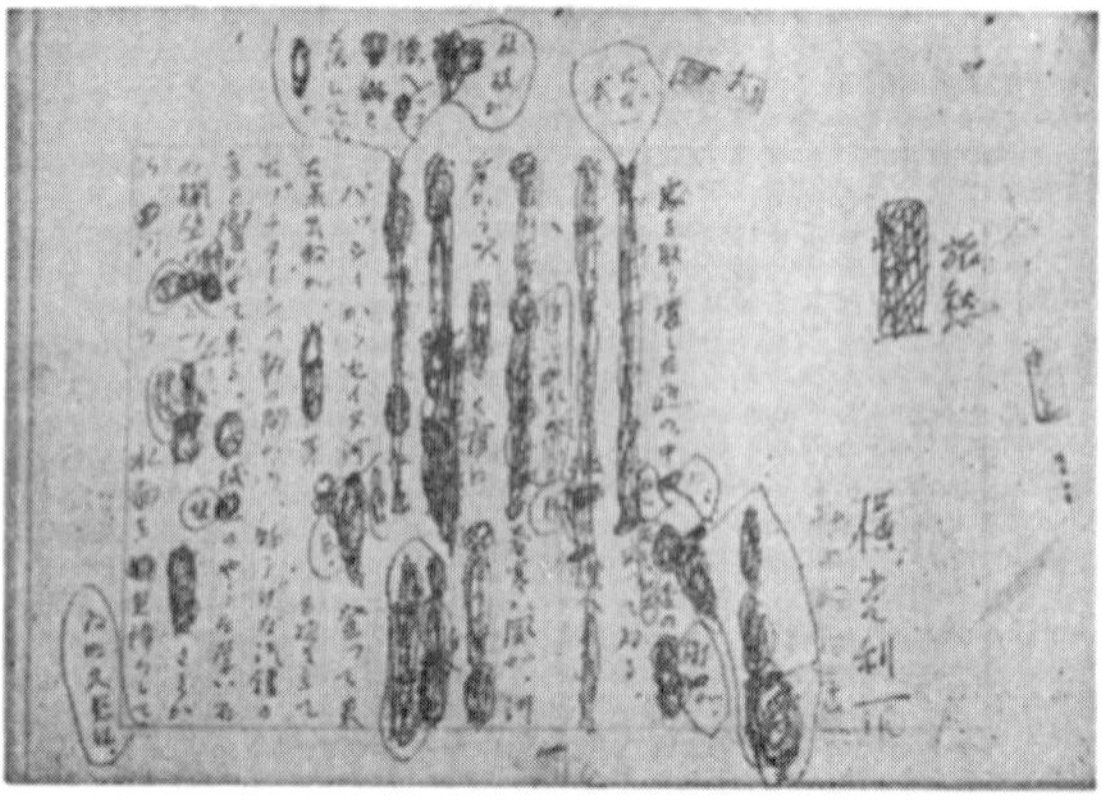

上『旅愁』表紙
下『旅愁』原稿

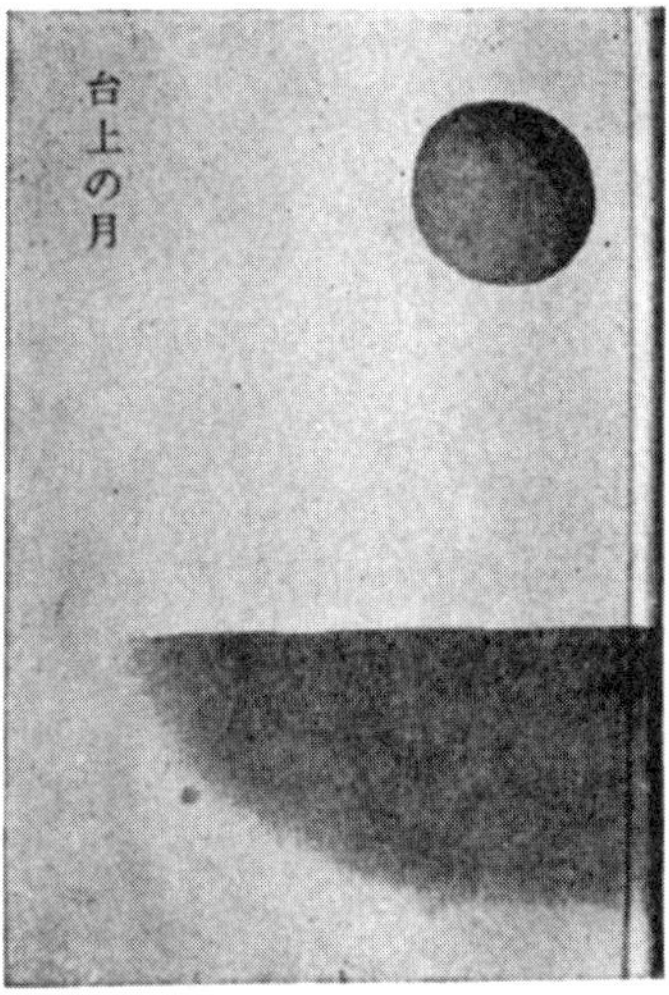

『台上の月』表紙

い思想的小説であるのに比べて、『濹東綺譚』は淫売窟玉の井を舞台として書き上げた、高雅艶麗なる詩情の世界であった。横光はこの『濹東綺譚』の好評に対抗しながら『旅愁』を書き進めたが、ついに新聞の連載をやめる決心をする。そのときのことを、中山義秀は『台上の月』で次のように書いている。

「『濹東綺譚』の連載が終った六月のひと日、私が横光をたずねてゆくと、彼は青白い顔に珍しく明るい表情をみせて、応接間に私をむかえ、

『中山、僕は新聞の連載をやめたよ』

私は突然のことに、びっくりして

『えっ、旅愁を中絶するのですか』

『さっき毎日の記者に、そう云ってことわった。記者は後の作者をきめるまで、少し待ってくれと、あわてて飛んで帰った』

『そりゃそうでしょう。しかし――』

私が何か云おうとすると、横光は後頭部に両手をあてて、椅子にそりかえり、

『やれやれ、これでホッとした』
私は『濹東綺譚』が連載されていた三カ月間、彼が歯を喰いしばる思でそれに対抗してきたことを知った。そうと分れば、今更何もいうことはない。私は無言で彼と相対していたが、彼の救われぬ思に暗然とならずにはおられなかった。」

世田谷の自宅にて（昭和12年）

『旅愁』のあらすじ

矢代耕一郎は、カソリックに帰依《きえ》した大友宗麟の大砲によってほろぼされた北九州の一城主という家系の持ち主である。

彼は歴史の本の著述をするために、近代文化の様相を視察しにヨーロッパへ出かけた。船中で久慈や宇佐美千鶴子、あるいは早坂真紀子などと知り合う。千鶴子は鉄の卸問屋の末っ子で、洋裁研究と結婚前に見聞をひろめておきたいという二つの目的のために、ロンドンにいる兄の所に向かっている。真紀子は横浜の富裕な貿易商の養女で、ウィーンにいる夫を訪ねようとしている。

一カ月にもわたる長い船中での共同生活の末、ようやく船はマルセイユの港についた。矢代は、そこのノートルダムで血もしたたるばかりにリアルに彫りこまれたキリスト像を見て、「この国の文化にも矢張《やは》り一度はこんな野蛮なときもあったのか。」と、はやヨーロッパの秘密の一端をのぞいた思いを抱く。その夜、千鶴子と二人で船中に引きかえした矢代は、一日ヨーロッパの風にあたっただけなのに、もう日本がいとおしくてたまらない気持ちだった。そして、しきりに日本人の美徳について考え、

「これぢや僕は外国の生活や景色を見に来たのぢやなくつて、結局のところ、自分を見に来たのと同じだと思ひましたよ。」

と、笑って千鶴子に言う。そんな矢代の気持ちも、列車でパリに向かう頃にはいくぶんうすらぎはじめ、旅の楽しさを感じて来る。

パリは文化の粋を誇る大都会というだけではなく、古い仏閣のようなところでもあった。久慈がうっとりした顔でいう。

「いいね、パリは。」

しかし、矢代はそのままうなずきかねる思いで、

「東京とパリのこの深い断層が眼に見えぬのか。この断層を伝つてそのまま一度でも下へ降りて見ろ。向うの岸へいつ出られるか一度でも考へたか。」

と、心中反発していた。彼は自分が日本人であることをはっきり自覚してパリをみた。そうするとパリはより一層パリらしく美しくみえてくるのだった。そんな矢代は、日本主義を軽蔑して、一日も早くパリ人らしくなろうとする久慈を見るたびにつきかかって行きたくなった。久慈は矢代に質問して言う。

「君、君はパリへ来て一番何に困つたかね。」

「さうだね、誰一人も日本人の真似をしてくれぬといふことだよ。」

「はははは。……」

あーあ、どうして僕はパリへ生れて来なかつたんだらう。」

「僕はヨーロッパが日本を見習ふやうにしたら、どんなに幸福になるかとそればかりこのごろ思ふね。どうもさうだ。」

「ふん。」

「知識といふものはたしかに人間を馬鹿にするところもあるんだね。へとへとにさせて阿呆以上だ。僕のパリへ来た土産《みやげ》はそれだけだ。こんな所へ来て嬉しがつてる人間は、まア、嬉しがるやうな、お芽出度いところがあるんだな。」

やがてロンドンから千鶴子がやって来ることになると、久慈は矢代に彼女の世話を頼んだ。

「君が千鶴子さんの世話をするのが困るなら、僕がしたつてかまはないよ。」

「さうか、迷惑ぢやなかつたら君に頼みたいね。僕は千鶴子さんと別にどうと云つたわけぢやないんだが、船の中であんなに親切にしておいて、今になつてがらりと手を変へるやうぢや、あんまり失礼だからね。」

だが、飛行機から降りて来た千鶴子に会うと、久慈は彼女を抱きかかえるようにして、

「こちらにゐなさいよ。女の人はパリぢやなくちや駄目ですよ。フロウレンスへ行くつて、いつ行くんです。行くなら僕も一緒に行かうかな。」

などと言い出す。矢代はそういう久慈をみながら、自分に彼のような巧みな手回しが出来ないなら、せめて外人から千鶴子を守るだけでも久慈のやるようにさせておこうと思う。

けれども、間もなくすると、「外国にゐるからには、なるたけ外国にゐるんだと感じたい」久慈は、千鶴子を矢代に近づけようと努め出す。一方、マルセイユ上陸の晩、日本をいとおしむあまり、今のうちに千鶴子と結婚してしまいたいという感情に、一時おそわれたことのある矢代は、久慈の介入などなくとも何なく千鶴子と親しくなっていった。

二人の恋愛はブロウニュの森、ルクサンブールの公園などを歩いているうちに、次第にひろがっていくが、矢代はその恋愛に対して積極的な何ものも言うことが出来ず、「千鶴子の一人旅は良い結婚の相手の選択の機会を彼女に与へるために、兄も両親も赦《ゆる》したのにちがひないのであつてみれば、自分が千鶴子へ馴馴《なれなれ》しくすることは、それだけ彼女の良縁を払ひ落す結果になつてゐるのかもしれぬ」と考え、千鶴子に近づきたがる自分にむちうつ。

「もうこのあたりで千鶴子とは別れてしまひ一生再び彼女とは逢はない決心だつた。もしこれ以上逢ふや

うなら、心の均衡はなくなつて、日本へ帰ってまでも彼女に狂奔して行く見苦しさを続ける上に、金銭の不足な自分の勉学が千鶴子を養ひつづける労苦に打ち負かされてしまふのは、火を見るよりも明らかなことであつた。」

そして、パリを離れてひとりチロルに出かけ、そこの美しい風物に涙を流しながら別れて来てよかったと思う矢代である。しかし、その夜ホテルに着くと意外にも千鶴子が来ていた。あれほどの決心を固めて来た矢代だったが、「全く彼は夢想もしなかつた喜びに、煌煌《こうこう》と火の這入《はい》つた満された思ひでしばらく茫然として部屋の中を眺めてゐた。」

チロルで二人は、共に雷の凄《すさま》じさに慄《ふる》えたり、氷河に登ってその山小屋に泊ったりする。山はサフランの花ざかり。折からの夕日が雲の絶え間からたれさがり、遠くの方から蛙の鳴く音も聞えて来る、と思うとそれは牧場のどこかで羊を呼ぶチロルの唄だった。牧人の歌うチロルの唄につれて、四方から羊の群れが谷間に現われて来た。幾千もの羊の群れがどよめきながら大河のように谷間から下りていくようすをみていると、矢代は心が空虚になるのを感じた。

「るくるくるくるく、るるるるる――るくるくるくるく、るるるるる――」

チロルの唄は、夕日にそまった山山にこだましながら、美しい旋律《せんりつ》をつくって流れる。

「まるで神さまを見てゐるやうだわ。」と千鶴子は言うと、ぼんやり放心して羊の群れを見送っていた。夢のような一日が終わり、山小屋に帰ると千鶴子は、

「あたし、今日ほど楽しい思ひをしたことはありませんでしたわ。もうこんな楽しいことつて、一生にないんだと思ふと、何だか恐ろしくなつて来ましたわ。」

と言って、ふと小屋の外に出ていった。戻りの遅い千鶴子を探しに矢代も出る。すると、

「氷河の見える暗い丘の端で、ぢつとお祈りをしてゐる膝ついた彼女の姿が眼についた。カソリックの千鶴子だとは前から矢代は知つてゐたが、いま眼の前で祈つてゐる静かなその姿を見てゐると、夜空に連なつた山山の姿の中に打ち重なり、神厳な空気に矢代もひき緊《し》められて煙草《たばこ》を捨てた。

千鶴子の祈つてゐる間矢代は空の星を仰いでゐた。心は古代に溯《さかの》ぼる憂愁に満ちて来て、山の上に立つてゐる自分の位置もだんだん彼は忘れて来るのであつた。」

こうして二人がチロルにいる頃、ウィーンの夫のところへ行った真紀子が離縁して、久慈を頼ってパリに出てきた。パリでは社会党内閣が出現して、日々罷業が続き街は閑散になる一方だった。久慈は、逢えば必ず議論し、対立する矢代であったが、彼がいないと片腕を奪われたように淋しがった。そして、日本にいる迷信家の母を思い浮かべ、どことなく矢代に似ていると考える。

やがて矢代が帰って来ると、久慈は待ちかまえていたように議論をあびせかける。そのヨーロッパ主義の議論にたまりかねた矢代は久慈をつきはなして言う。

「君は歴史といふ人間の苦しみを知らんのだ。日本人が日本人の苦しさから逃げられるか。逃げるなら逃げてみろ。」

そこで、東野という作家にひっぱられて二人の議論はとまったが、久慈はまたあとで、矢代と千鶴子の二人をさして言った。

「とにかく君たちは、僕とは恐ろしく趣味の反対の人たちだよ、古典派といふのかね、お行儀はいいよ。」

久慈が矢代につきかかっていく原因は、思想の問題ばかりではなく、千鶴子のことにもあった。彼は自分で二人を近づけておきながら、嫉妬《しっと》めいた感情に襲われることもあった。が、矢代のように純真に恋愛にとびこめない自分の若い心の老いこみを、これはどうしたことかと思い、

「もう君は日本へ帰つたつて君の考へは通用しない。」

という東野の言葉をヒヤッと思い出した。彼は皆から攻撃される独自性のない自分の欠点をふりかえる。

「俺の考へてゐるものは、女のことでもなければ、自分のことでもない。まして他人のことなんかぢや無論ない。分らんのはそ奴なんだ。そ奴が良いものか悪いものか、それも知らぬ。しかし、そんな不必要なことを俺に考へさすといふのは、それや何んだ。」

そして真紀子との同棲生活が始まる。しかし真紀子からもつきかかって来られ、一体自分は何なのだろうかと、涙しながら眠る夜もあった。ただ母だけが恋しかった。

「何んだか俺は云つて来たが、しかし、俺の悩んでゐるのは女のことぢやない。お袋に代るものがほしいのだ。ただそれだけだ。俺の云つたことはみなどうだつて、あれはもういい。」

やがて千鶴子がアメリカ回りで帰ることになった。別れにのぞんで矢代は日本ではもう再び会うまいと決

意する。千鶴子のいなくなったパリは、ちょうどパリ祭も終わったあとで、人々は避暑に行ってしまい、街には急に人の姿がへって来た。久慈も真紀子を伴ってスペインへ旅立つ。ひとりになった矢代は、身をもてあましてひとりブロウニュの森をさまよい歩いては、千鶴子のことを思い出していた。そうして間もなく矢代もシベリア回りで帰国した。

東京につくと、その晩矢代はタクシーを目黒の千鶴子の家の方へ回らせてみた。「宇佐美」と書かれた門前で、一目でわかる厳しい家風を感じて彼は夢の消えていくような淋しさにうちのめされる。

息子の洋行を誇りにする親の顔を見ながら、矢代は自分と千鶴子とが結婚すれば、父や母は絶えず千鶴子の家に頭を下げていなければならなくなるであろうという親不孝を感じ、そのまま、母の実家のある東北の温泉町に疲れをいやしに出かける。しかし、そこで矢代の考えたことは自分の先祖のことであった。特に、カソリックの大友宗麟にほろぼされた先祖の城を思うたびに、千鶴子との距離が遠く感じられた。彼は時時、カソリックの細川ガラシャ夫人を千鶴子に、その夫忠興《ただおき》を自分に、そしてガラシャにキリシタンを説いてやまなかった高山右近を久慈に似せて考え、ガラシャの改宗を迫って演ぜられた夫妻の悲劇を想像する。

「しかし、こんなに思つても、それならカソリツクを悪いと思つてゐる自分ではないと、矢代は思つた。ただ自分の家に限つては、二人の結婚に邪魔になる危惧《きぐ》がある。その危惧を取り払ふ努力をするには、何か適当な他の力を藉《か》りねばゐられぬときが来さうな気持がした。さうして、その他の力とは、いつたいどこからそれを探し出せば良いのだらう。実際、矢代はそんな千鶴子のカソリツクをも赦《ゆる》し、むしろそれを援《たす》ける平和な寛大な背後の力を欲しかつた。しかし、それには仏教でも駄目だと思つた。また神道でもなほ悪かつた。さうしてみると、日本の中にあるものでは、古神道以外に先づ矢代には一つも見つからなかつた。このやうにして、矢代は暇を見てはだんだん古神道の書物を買ひ漁《あさ》るやうになるのだつた。」それからしばらくして、矢代はひとり上越の山に出かける。宗教と科学の争いもつれたその接点の歴史を知りたかったのである。数日すると、この寒い冬の山小屋に来客がある。それは千鶴子とその兄槇三であった。

矢代の日本主義

『旅愁』はこのあとまだ続くが、そこで矢代はまた、細川忠興のように千鶴子の改宗を願ってやまない。そして続編の終わりに近づくと、千鶴子は久慈に宛てた寄せ書に「矢代千鶴子」と署名したりするから、結果的には矢代と結婚することになるのであろう。

矢代の設定については、『欧州紀行』で示される横光の思考とかなり一致しているから、矢代は横光の分身と見てよい。彼は叔父の建築会社の調査部に勤めているが、歴史に非常な興味を持ち、「歴史の実習かたがた近代文化の様相を視察」するためにヨーロッパに渡る。そこでいったん失望を感じて、再びパリの美しさを正しく観賞出来るようになる所など、全く作者自身に近い。このことは前にも記して、くどくどしくなるからやめるが、『旅愁』では西洋心酔者の久慈との対話によって、矢代の考え方の基本をなしている日本主義の問題をかなり明確にうち出している。

彼の日本主義は、決してヨーロッパ主義を頭から否定しているのではなく、また、ヨーロッパに日本主義を押しつけようとするものでもない。両者を対等に批判出来る立場から考えられている。そして、矢代が日本主義を唱えるのは、たまたま彼が日本人であったからにほかならない。矢代の身体を流れる血は、母方の士族といわれる滝川家の血と、昔九州の一城主であったという父方の血とであり、矢代はそれらの血統をほこりとする純粋で愛国的な日本人なのである。そんな彼は、西洋を西洋人が愛するのと全く同様な意味で日本を愛することができる。

西洋人が西洋を愛する。日本人が日本を愛する。人がそれぞれ自分の祖国を愛するということはおかしいことではない。ところが、彼が西洋に行って感じたことは、四面海に囲まれて国境を知らない日本人には、祖国という言葉が西洋人のようにピンとひびかないということであった。こういう矢代を悩ませるのは、恋人千鶴子のカソリック信仰である。彼はそれを否定しているわけではないけれども、矢代の家は仏教徒であった。しかし、東洋、西洋、いずれのものにしても神の本態は一つであると考え、カソリックを許そうとするが、常に彼の頭から離れないものは、そのカソリック信者の大砲によってほろぼされた自分の先祖のことであって、なかなか許すことが出来ない。そこで考えつくのが古神道という、日本人であるからには必ず流れているという精神であった。

しかしながら、こういう真面目な発想は、『旅愁』の後半になると、当時の日本の時代背景を伴って奇妙に歪《ゆが》められた方向に発展し、矢代の精神を疑い兼ねないような言葉が続出する。このあたり、『旅愁』批判の最も多いところである。

「旅愁」の人

この小説の副主人公ともみられる久慈《くじ》は、「社会学の勉強といふ名目のかたはら美術の研究」のためにヨーロッパに渡る。彼は大変な西洋心酔者で、ことごとに日本主義者の矢代と議論対立する。けれども二人は決して仲が悪いのではない。矢代は、自分が何でも言えるのは久慈だけだと思うし、久慈は久慈で、矢代がいないと淋しくて仕方のない人間である。西洋主義＝科学・合理性と、日本主義＝自然・義理人情という相反する立場で、二人は互いにひっぱりあいつつ、友人としての親交を深めていく。

「ここぢや僕らの頭は、ヨーロッパといふものと日本といふものと、二本の材料で編んだ縄《なわ》みたいになつてゐて、そのどちらかの一端へ頭を乗せなければ、前方へ進んでは行けないんですからね。両方へ同時に乗せて進むと一歩も進めないどころか、結局、何物も得られなくなるのですよ。……

しかし、それは、実は日本にゐる僕らのやうな青年なら、誰だつて今の僕らと同じなんだらうけれども、日本にゐると、黙つてゐても周囲の習慣や人情が、自然に毎日向うで解決してゐてくれるから、特にそんな不用な二本の縄など考へなくともまアすむんだなア。へんなものだ。」(矢代)

「いや、それや君、考へなくてすむものか。それが近代人の認識ぢやないか。」(久慈)

「それは一寸待つてくれ。それはまア君の云ふ通りとしてもさ、しかし、日本でなら人間の生活の一番重要な根柢の民族の問題を考へなくたつてすませるよ。何ぜか云ふとだね、僕らはその上に乗つてるばかりぢやなく、自分の中には民族以外に何もないんだからな。自分の中にあるものが民族ばかりなら、これに関する人間の認識は成り立つ筈がないぢやないか。認識そのものがつまり民族そのものみたいなものだからだ。」

「そんな馬鹿なことがあるものか、認識と民族とはまた別だよ。」

「しかし、君の誇つてゐるヨーロッパ的な考へだつて、それは日本人の考へるヨーロッパ的なものだよ。君がパリを熱愛することだつてまア久慈といふ日本人が愛してゐるのだ。誰もまだ人間で、ヨーロッパ人になつてみたり日本人になつてみたり、同時にしたものなんか世界に誰一人もゐやしないよ。みなそれぞれ自分の中の民族が見てるだけさ。」

「しかし、そんな事を云ひ出したら、万国通念の論理といふ奴がなくなるぢやないか。」

「なくなるんぢやない。造らうといふんだよ。君のは有《あ》ると思はせられてるものを守らうとしてゐるだけだ。」

「それや詭弁《きべん》だ。」

「何が詭弁だ。万国共通の論理といふ風な、立派なものがあるなら、僕だつて自分をひとつ、そ奴《いつ》で縛《しば》つてみたいよ。しかし君、僕だつて君だつて、それとは別にこつそり物いひたい個人の心を持つてゐるよ。それは自由ぢやないか。」

「君の云ふことはいつでも科学といふものを無視してゐる云ひ方だよ。君のやうに科学主義を無視すれば、どんな暴論だつて平気で云へるよ。もしパリに科学を重んじる精神がなかつたら、これほどパリは立派になつてゐなかつたし、これほど自由の観念も発達してゐなかつたよ。」

「科学か。科学といふのは、誰も何も分らんといふことだよ。これが分れば戦争など起るものか。」

「そんなら僕らは何に信頼出来るといふのだ。僕たちの信頼出来る唯一の科学まで否定して、君はそれで人間をどうしようと云ふのだ。」

「君はヨーロッパまで出かけて来て、そんな簡単なことより云へないのかね。科学などといふことは、日本にゐたつて考へつけることぢやないか。」

「君はそれほど知識を失つてしまつて得意になれるといふのは、それやもう、病気だ。病気でなければ、そんな馬鹿な、誰でも判断出来る認識にまで反対する筈がないぢやないか。」

「僕の云ふことは、君のやうな科学をまじないの道具に使ふものには、間違ひに見えるだけだと云ふのだよ。僕は君より、もつと科学主義者だと思へばこそ、君のやうに安つぽく科学科学といひたくないだけだ。君は科学といふものは、近代の神様だといふことを知らんのだよ。それが分れば人間は死んでしまふ。」

「ふん、そんな、科学主義あるかね。」

このように二人の議論は所々で展開するが、矢代ばかりでなく、久慈もやはり横光の観念の分身なのである。そして、矢代と久慈と千鶴子の三人によって、「旅愁」の世界は運転され、発展する。

横光はこういう久慈に、独自性のない自分の欠点を悟らせることによって、西洋かぶれしている人々を痛烈に批判する。どんなに西洋に心酔してみても、所詮《しょせん》、彼は東洋という歴史と風土に育った民族なのである。その彼が日本を軽蔑して、いくら西洋にはしってみても、結局それは自分を見失う以外のことはない。

「俺の考へてゐるものは、女のことでもなければ、自分のことでもない。まして他人のことなんかぢや無論ない。分らんのはそ奴なんだ。そ奴が良いものか、それも知らぬ。しかし、そんな不必要なことを俺に考へさすといふのは、それや何んだ。」

という久慈の苦悶は、『紋章』において、山下久内が示す苦悶に通ずる。そして、それは西洋を知識として受け入れた近代日本人のゆきついた悩みの姿である。そこまで考え至ったとき、久慈の頭に浮かんで来るのは日本にいる自分の母の姿である。

「何んだか俺は云つて来たが、しかし、俺の悩んでゐるのは女のことぢやない。お袋に代るものがほしいのだ。ただそれだけだ。俺の云つたことはみなどうだつて、あれはもういい。」

この久慈のように、自分の踏むべきしっかりした地盤を見失って、東洋と西洋との間で、どちらにもつけずふらふらしている人間を、横光は「旅愁」の名でとらえる。しかしこれは久慈ばかりではない。あまりにも日本を意識しすぎて、その結果、古代の日本に精神のよりどころを見いだそうとあせる矢代自身も、また「旅愁」の人なのである。

年 譜

一八九八(明治三十一) 三月十七日、福島県北会津郡東山温泉に、父梅次郎(当時三十一歳)、母小菊《こぎく》(二十七歳)の長男として生まれた。一姉静子(四歳)がある。父は大分県宇佐郡長峰村大字赤尾(現在大分県四日市町)出身で、鉄道敷設の設計技師をしていたため各地を転々とした。母は三重県阿山郡東柘植《つげ》村(現在同県同郡伊賀町)の中田小平、りうの三女で、その生家は江戸時代の俳人松尾芭蕉の家系をひくといわれる。

*「歌よみに与ふる書」正岡子規。「不如帰」徳富蘆花。

一九〇四(明治三十七) **六歳** 滋賀県大津市大津小学校に入学。父の仕事の関係上、小学校を数回かわる。

*家庭小説の流行。自然主義全盛期に入る。日露戦争勃発。

一九〇六(明治三十九) **八歳** 父が朝鮮にわたり、母が入院したためひとり従兄の寺(吉祥寺)に預けられた。

*「破戒」島崎藤村。「坊っちゃん」「草枕」夏目漱石。「千鳥」鈴木三重吉。

一九一〇(明治四十三) **十二歳** 大津市大津小学校卒業。膳所《ぜぜ》中学を受けて落ち、一年、小学の高等科に行った。

*大逆事件が起こり、幸徳秋水らが就縛。「白樺」「三田文学」、第二次「新思潮」創刊。

一九一一(明治四十四) **十三歳** 三重県立第三中学(現在県立上野高等学校)に入学。一家は上野町萬町に引越したが、間もなく父の仕事が姫路の福崎に移ったため、二年からは一人で下宿生活をした。柔道、水泳、陸上競技など運動の万能選手で、特に野球では花形選手であった。二、三年の頃より夏目漱石、志賀直哉を愛読。

*「青鞜」創刊。

一九一六(大正五) **十八歳** 三重県立第三中学卒業。四月、早稲田大学高等予科文科に入学。東京市外戸塚村下戸塚の栄進館に住む。

*「高瀬舟」森鷗外。「鼻」芥川龍之介。「明暗」夏目漱石。「腕くらべ」永井荷風。「屋上の狂人」菊池寛。第四次「新思潮」が創刊され、漱石が亡くなった。

一九一七(大正六) **十九歳** 一月、神経衰弱を理由に休学し、父母の住む京都山科に一年間遊ぶ。この間大津にいる姉（明治四十五年中村嘉市に嫁いでいる）の家にも通い、初期短編小説の題材を得る。「神馬」を白歩のペンネームで「文章世界」に発表。十月、「犯罪《つみ》」を「万朝報」に発表。

＊「城の崎にて」志賀直哉。「カインの末裔」「惜しみなく愛は奪ふ」有島武郎。「父帰る」菊池寛。

一九一八（大正七）　**二十歳**　四月、英文科第一学年に編入。東京市外下戸塚の松葉館に住む。中山義秀、佐藤一英、吉田一穂、小島勗《つとむ》らとの交渉始まる。

＊「赤い鳥」創刊。
富山県の米騒動各地に波及、米価ますます暴騰す。

一九一九（大正八）　**二十一歳**　「火」を「文章世界」に投稿、左馬のペンネームを用いる。この頃より小島勗《つとむ》の妹君子への恋がめばえる。

＊「恩讐の彼方に」菊池寛。「或る女」有島武郎。

一九二〇（大正九）　**二十二歳**　九月、東京市小石川区初音町の初音館に移った。佐藤一英の紹介で菊池寛を知る。

＊日本最初のメーデー。

一九二一（大正十）　**二十三歳**　一月、「時事新報」の懸賞に応募した「踊見」（のち「父」と改題）が選外第一位となった。六月、富ノ澤麟太郎、藤森淳三、古賀龍視らとともに同人誌「街」を創刊。また「日輪」を書き始めた。この年、菊池家で川端康成を知る。

＊「暗夜行路」志賀直哉。「種蒔く人」創刊。
原敬東京駅で暗殺。

一九二二（大正十一）　**二十四歳**　二月、「南北」を「人間」に発表。五月、富ノ澤、古賀、中山、小島らとともに同人誌「塔」を創刊して「面」を発表した。八月二十九日、朝鮮京城にある父が脳溢血のため客死したので、九月渡鮮した。

一九二三（大正十二）　**二十五歳**　一月、「文芸春秋」が創刊され、二月より同人となる。五月、「日輪」を「新小説」に、「蠅」を「文芸春秋」に発表。六月、小島君子と結婚。九月、震災に遇い、やがて妻とともに小石川区餌差町三四の野村方に間借りした。「マルクスの審判」「クライマックス」などを発表。

一九二四（大正十三）　**二十六歳**　五月、「菊池寛師に捧ぐ」と献辞して、第一創作集『御身』を金星堂より刊行。同時に文芸春秋叢書の一冊として『日輪』を刊行。九月、東京市外中野町上町二八〇二番地に移った。十月、川端康成ら十三人とともに「文芸時代」を創刊し、「頭ならびに腹」を発表。これより新感覚派運動盛んになる。

*「文芸戦線」創刊。

一九二五（大正十四） **二十七歳** 一月二十七日、中野の家で母小菊を喪う。六月、現代短編小説選集の一冊として『無礼な街』が文芸日本社より刊行。十月、君子夫人療養のため神奈川県葉山町森戸に移った。「慄へる薔薇」「表現派の役者」「青い石を拾つてから」「静かなる羅列」「街の底」「無常の風」「妻」などを発表。

*「夜とざす」ポオル＝モオラン（堀口大学訳）。

一九二六（大正十五） **二十八歳** 六月二十四日、神奈川県三浦郡逗子町で君子夫人が亡くなった。十一月、新劇協会の上演目録の選定および舞台指揮を委嘱された。「ナポレオンと田蟲」「恐ろしき花」「富ノ澤の死の真相」「春は馬車に乗つて」「閉らぬカーテン」「蛾はどこにでもゐる」などを発表。

*「伊豆の踊子」川端康成。

一九二七（昭和二） **二十九歳** 一月、改造社より『春は馬車に乗つて』を刊行。二月、菊池寛の媒酌で日向千代子（二十六歳）と結婚。東京府豊多摩郡杉並町大字阿佐谷（現在杉並区阿佐谷）に住んだ。三月、池谷信三郎ら二十五人とともに同人誌「手帳」を創刊。五月、「文芸時代」廃刊。六月、菊池寛、川端康成、片岡鉄兵、池谷信三郎らと東北地方に講演旅行した。十一月三日、長男象三誕生。またこの年、片岡、川端、岸田国士とともに衣笠貞之助の新感覚派映画連盟に関係した。「青い大尉」「計算した女」「花園の思想」「愛の挨拶」などを発表。

*芥川龍之介が亡くなった。「歯車」「河童」芥川龍之介。

一九二八（昭和三） **三十歳** 二月、初の普通選挙に菊池寛が東京第一区より立候補したので応援演説に出た。四月、シナ大陸旅行に出かけたが、上海に一カ月遊んだだけで帰った。八月、千代子夫人の郷里に近い山形県の温《あつ》海《み》温泉に約一カ月滞在。十一月、世田谷区北沢二丁目一四五番地に新居を建てて移った。犬養健がこれを雨過山房と名づけた。「眼に見えた風」「名月」「愛敬とマルキシズムについて」「笑った皇后」『上海』の第一編「風呂と銀行」などを発表。

*「詩と詩論」創刊。三・一五事件。

一九二九（昭和四） **三十一歳** 七月、新進傑作小説全集の一冊『新興文学全集』を改造社より刊行。八月、温海温泉に滞在。十月、この月創刊の「文学」の編集同人となる。「形式論への批判」「まづ長さを」「形式とメカニズムに就いて」「古い筆」らのエッセイ、あるいは『上海』の第二編「足と正義」、第三編「掃溜の疑問」、第四編「持病と弾丸」、第五編「海港章」を発表。

＊日本プロレタリア作家同盟成立。宮本顕治の「敗北の文学」、小林秀雄の「様々なる意匠」が発表された。「蟹工船」小林多喜二。「太陽のない街」徳永直。「浅草紅団」川端康成。

世界的大恐慌始まる。

一九三〇（昭和五） **三十二歳** 四月、新興芸術派宣言ならびに批判の講演会に小林秀雄、舟橋聖一らとともに講演。五月、痔病のため入院。八月、山形県由良海岸に滞在して、この地で「機械」脱稿。九月、満鉄の招きで菊池寛、佐佐木茂索らとともに満洲旅行に赴いた。往復飛行機利用。この年には「高架線」「鳥」「機械」「寝園」などを発表し、心理主義的な方向に変化していった。

＊プロレタリア文学が隆盛となる。また、「芸術派宣言」が書かれ、エロ・グロ・ナンセンス文学も流行した。「聖家族」堀辰雄。「主知的文学論」阿部知二。

一九三一（昭和六） **三十三歳** 四月、白水社より『機械』刊行。十一月、同社よりエッセイ集『書方草紙』刊行。「花花」「時間」「悪魔」「父母の真似」「雅歌」『上海』の最終章「春婦」などを発表。

＊「ドルジェル伯の舞踏会」レイモン＝ラディゲ（堀口大学訳）。「つゆのあとさき」永井荷風。「ユリシイズ・上」ジェイムス＝ジョイス（伊藤整他訳）。

九月、満洲事変が起こり、ファシズム抬頭。

一九三二（昭和七） **三十四歳** 四月、鉄塔書院より『機械』刊行。七月、改造社より『上海』刊行。九月、中央公論社より『寝園』、書物展望社より『雅歌』刊行。「舞踏場」「馬車」「日曜日」などを発表。また『寝園』の続編を「文芸春秋」に連載。

＊「女の一生」山本有三。「青年」林房雄。

五・一五事件が起こり、犬養首相射殺される。

一九三三（昭和八） **三十五歳** 一月三日、次男佑典誕生。九月、温海温泉に滞在。

＊「文学界」「行動」「文芸」創刊。「禽獣」川端康成。「美しい

村」堀辰雄。小林多喜二が検挙され、転向が相次いだ。

一九三四(昭和九)　**三十六歳**　「改造」一月号から「紋章」を連載。二月、「文学界」同人となる。『花花』刊行。九月、『紋章』刊行。

＊文芸復興が叫ばれ、文芸懇話会が発足し、行動主義文学論が活発となる。芥川賞、直木賞の設定。

一九三五(昭和十)　**三十七歳**　一月、芥川賞委員を委嘱された。三月、文芸春秋社の地方講演のため静岡、名古屋などに赴いた。四月、沙羅書店より雨過山房私版として『日輪』を限定出版した。同月、「改造」に「純粋小説論」を発表。七月、十日会(句会)発足。『紋章』に文芸懇話会賞が授けられると発表。八月より「東京日日」、「大阪毎日」両紙に「家族会議」を同時連載。

＊「集金旅行」井伏鱒二。「道化の華」、「ダス・ゲマイネ」太宰治。石川達三の「蒼氓」が第一回芥川賞受賞。島崎藤村「夜明け前」の完結。
国体明徴がしきりといわれた。

一九三六(昭和十一)　**三十八歳**　一月、非凡閣より『横光利一全集』(全十巻)が出始める。二月二十日、日本郵船箱根丸で渡欧。パリ、チロル、ウィーン、ブダペスト、フローレンス、ミラノ、ベルリンなどを見てまわり、八月、シベリア経由で帰朝。九月、温海温泉に静養。「青春」を発表。

＊「人民文庫」創刊。「冬の宿」阿部知二。
二・二六事件が起こり、フランスではレオン＝ブルムの人民戦線内閣が誕生。日独防共協定締結。

一九三七(昭和十二)　**三十九歳**　一月、「改造」に「厨房日記」発表。四月十三日より「東京日日」、「大阪毎日」両紙へ「旅愁」連載。『欧州紀行』を創元社より刊行。十二月、夫人とともに伊勢参宮。

＊「濹東綺譚」永井荷風。「雪国」川端康成。
芦溝橋で日華兵衝突、支那事変勃発。左翼作家、評論家の執筆が禁止された。

一九三八(昭和十三)　**四十歳**　四月、創元社より『家族会議』、『春園』刊行。片岡鉄兵、川端康成とともに田山花袋の『田舎教師』の跡を訪ねた。十一月、約四十日間にわたる北支、中支旅行。この年、「由良之助」「シルクハット」などを発表。

＊「厚物咲」中山義秀。「風立ちぬ」堀辰雄。「麦と兵隊」火野葦平。「石狩川」本庄陸男。戦争文学が生まる。

一九三九(昭和十四)　**四十一歳**　四月、エッセイ集『考へる葦』を創元社より刊行。五月より翌年四月まで「文芸春秋」に「旅愁」を連載。九月、温海温泉滞在。十月、片岡鉄兵、川端康成と小夜《さよ》の中山に遊ぶ。この年、「実いまだ熟せず」「北京と巴里」「秋」などを発表。

*「源氏物語」谷崎潤一郎訳。「多甚古村」井伏鱒二。「歌のわかれ」中野重治。
国民徴用令が公布され、第二次世界大戦始まる。

一九四〇(昭和十五)　**四十二歳**　六月、改造社より『旅愁』第一編刊行。七月、第二編刊行。青山会館での銃後運動講演会にのぞんで「現代の考ふべきこと」を論じた。八月、温海温泉へ。十月、林芙美子らと四国へ文芸銃後運動の講演旅行に出かけた。この年、創元社から横光利一集として『春園』『家族会議』『欧州紀行』『天使』『時計』『短編集』が刊行された。

*「得能五郎の生活と意見」伊藤整。「オリンポスの果実」田中英光。
日独伊三国同盟締結。大政翼賛会が結成され、紀元二千六百年式典が挙行された。

一九四一(昭和十六)　**四十三歳**　五月、伊賀から近畿方面旅行。六月、文芸銃後運動地方班に加わり、各方面をまわった。九月にもこのため中国路へ赴いた。十二月八日、真珠湾攻撃の日も銃後運動講演会のため大宮へ赴く。この年、「終点の上で」「天城」「鶏園」「将棋」などを発表。

*太平洋戦争始まり、左翼同調者多数が検挙された。

一九四二(昭和十七)　**四十四歳**　一月、水上温泉に旅した。また、一月より「文芸春秋」に「旅愁」を断続連載した。十一月、大東亜文学者大会に出席し、決議文を起草、宣言した。また、文芸報国講演会のために、九州へ赴いた。

*戦局は次第に不利に展開していった。

一九四四(昭和十九)　**四十六歳**　「橋を渡る火」「罌粟の中」などを発表。

*「津軽」太宰治。片岡鉄兵が亡くなった。
一億総武装が決定され、B29による東京空襲が始まった。

一九四五(昭和二十)　**四十七歳**　春、家族を夫人の郷里へ疎開させて、橋本英吉と自炊生活を始めた。六月、家族のもとに疎開したが、やがて山形県西田川郡上郷村に移り、この地で敗戦を迎えた。十二月十五日、帰京。この月、養徳社から『雪解』刊行。

＊ポツダム宣言受諾。無条件降伏。米軍進駐。

一九四六（昭和二十一） **四十八歳** 六月、脳溢血の発作があり、蜜蜂療法などを始める。この年、「夏臘日記」「木蠟日記」「秋の日」などを発表。

＊「世界」「人間」「展望」「近代文学」「中央公論」「改造」「群像」などの諸雑誌の創刊・復刊。
日本国憲法が発布され、民主主義文化起こる。

一九四七（昭和二十二） **四十九歳** 十一月、鎌倉文庫から『夜の靴』刊行。十二月十四日、「洋燈」執筆中めまいを生ず。十五日、夕食後、胃に激痛が起こり、一時意識不明となり、原博士の診察を受く。胃潰瘍と診断。三十日、腹膜炎を併発。午後四時十三分歿す。告別式は、昭和二十三年一月三日、自宅にて仏式をもって行なう。

＊戦後派文学の抬頭目立つ。

参考文献

『台上の月』 中山義秀 新潮社 昭38・4
『義秀花暦』 中山義秀 桃源社 昭39・3
『近代作家伝』 村松梢風 創元社 昭26・6
『横光利一』 岩上順一 東京ライフ社 昭31・10
『横光利一』 古谷綱武 作品社 昭12・12
『横光利一の芸術思想』 由良哲次 沙羅書店 昭12・6
「横光利一読本」（「文芸」臨時増刊） 河出書房 昭30・5
『近代派文学の輪郭』 片岡良一 白楊社 昭28・4

さくいん

【作品】

【人名】

—完—

横光利一■人と作品　　定価はカバーに表示

1967年１月15日　第１刷発行©
2017年９月10日　新装版第１刷発行©

・著　者 ……………………福田清人《ふくだきよと》／荒井惇見《あらいあつみ》
・発行者 ……………………渡部　哲治
・印刷所 ……………………法規書籍印刷株式会社
・発行所 ……………………株式会社　清水書院

〒102-0072　東京都千代田区飯田橋3-11-6
Tel・03(5213)7151〜7
振替口座・00130-3-5283
http://www.shimizushoin.co.jp

検印省略
落丁本・乱丁本は
おとりかえします。

CenturyBooks

Printed in Japan
ISBN978-4-389-40117-7

CenturyBooks

清水書院の〝センチュリーブックス〟発刊のことば

近年の科学技術の発達は、まことに目覚ましいものがあります。月世界への旅行も、近い将来のこととして、夢ではなくなりました。しかし、一方、人間性は疎外され、文化も、商品化されようとしていることも、否定できません。

いま、人間性の回復をはかり、先人の遺した偉大な文化を継承して、高貴な精神の城を守り、明日への創造に資することは、今世紀に生きる私たちの、重大な責務であると信じます。

私たちがここに、「センチュリーブックス」を刊行いたしますのは、人間形成期にある学生・生徒の諸君、職場にある若い世代に精神の糧を提供し、この責任の一端を果たしたいためであります。

ここに読者諸氏の豊かな人間性を讃えつつご愛読を願います。

一九六七年

清水棟二郎

SHIMIZU SHOIN

【人と思想】既刊本

老子	高橋 進
孔子	内野熊一郎他
ソクラテス	中野幸次
釈迦	副島正光
プラトン	中野幸次
アリストテレス	堀田 彰
イエス	八木誠一
親鸞	古田武彦
ルター	小牧 治 泉谷周三郎
カルヴァン	渡辺信夫
デカルト	伊藤勝彦
パスカル	小松摂郎
ロック	浜林正夫他
ルソー	中里良二
カント	小牧 治
ベンサム	山田英世
ヘーゲル	澤田 章
J・S・ミル	菊川忠夫
キルケゴール	工藤綏夫
マルクス	小牧 治
福沢諭吉	鹿野政直
ニーチェ	工藤綏夫

J・デューイ	山田英世
フロイト	鈴村金彌
内村鑑三	関根正雄
ロマン=ロラン	村上嘉隆 村上益子
孫文	横山 英 中山義弘
ガンジー	坂本徳松
レーニン(品切)	中野徹三 高岡健次郎
ラッセル	金子光男
シュバイツァー	泉谷周三郎
ネルー	中村平治
毛沢東	宇野重昭
サルトル	村上嘉隆
ハイデッガー	新井恵雄
ヤスパース	宇都宮芳明
孟子	加賀栄治
荘子	鈴木修次
アウグスティヌス	宮谷宣史
トーマス・マン	村田經和
シラー	内藤克彦
道元	山折哲雄
ベーコン	石井栄一
マザーテレサ	和田町子
中江藤樹	渡部 武
ブルトマン	笠井恵二

本居宣長	本山幸彦
佐久間象山	奈良本辰也 左方郁子
ホッブズ	田中 浩
田中正造	布川清司
幸徳秋水	絲屋寿雄
スタンダール	鈴木昭一郎
和辻哲郎	小牧 治
マキアヴェリ	西村貞二
河上肇	山田 洸
アルチュセール	今村仁司
杜甫	鈴木修次
スピノザ	工藤喜作
ユング	林 道義
フロム	安田一郎
マイネッケ	西村貞二
エラスムス	斎藤美洲
パウロ	八木誠一
ブレヒト	岩淵達治
ダンテ	野上素一
ダーウィン	江上生子
ゲーテ	星野慎一
ヴィクトル=ユゴー	辻 昶 丸岡高弘
トインビー	吉沢五郎
フォイエルバッハ	宇都宮芳明

平塚らいてう	小林登美枝
フッサール	加藤精司
ゾラ	尾崎和郎
ボーヴォワール	村上益子
カール=バルト	大島末男
ウィトゲンシュタイン	岡田雅勝
ショーペンハウアー	遠山義孝
マックス=ヴェーバー	住谷一彦他
D・H・ロレンス	倉持三郎
ヒューム	泉谷周三郎
シェイクスピア	福田陸太郎 菊川倫子
ドストエフスキイ	井桁貞義
エピクロスとストア	堀田彰
アダム=スミス	浜林正夫 鈴木亮
ポパー	川村仁也
フンボルト	西村貞二
白楽天	花房英樹
ベンヤミン	村上隆夫
ヘッセ	井手賁夫
フィヒテ	福吉勝男
大杉栄	高野澄
ボンヘッファー	村上伸
ケインズ	浅野栄一
エドガー=A=ポー	佐渡谷重信

ウェスレー	野呂芳男
レヴィ=ストロース	吉田禎吾他
ブルクハルト	西村貞二
ハイゼンベルク	小出昭一郎
ヴァレリー	山田直
プランク	高田誠二
ラヴォアジエ	中川鶴太郎
T・S・エリオット	徳永暢三
シュトルム	宮内芳明
マーティン=L=キング	梶原寿
ペスタロッチ	長尾十三二 福田弘
玄奘	三友量順
ヴェーユ	冨原眞弓
ホルクハイマー	小牧治
サン=テグジュペリ	稲垣直樹
西光万吉	師岡佑行
ヴァイツゼッカー	加藤常昭
メルロ=ポンティ	村上隆夫
オリゲネス	小高毅
トマス=アクィナス	稲垣良典
ファラデーとマクスウェル	後藤憲一
津田梅子	古木宜志子
シュニツラー	岩淵達治

タゴール	丹羽京子
カステリョ	出村彰
ヴェルレーヌ	野内良三
コルベ	川下勝
ドゥルーズ	鈴木亨
「白バラ」	関楠生
リジュのテレーズ	菊地多嘉子
リッター	西村貞二
プルースト	石木隆治
ブロンテ姉妹	青山誠子
ツェラーン	森治
ムッソリーニ	木村裕主
モーパッサン	村松定史
大乗仏教の思想	副島正光
解放の神学	梶原寿
ミルトン	新井明
ティリッヒ	大島末男
神谷美恵子	江尻美穂子
レイチェル=カーソン	太田哲男
オルテガ	渡辺修
アレクサンドル=デュマ	辻昶 稲垣直樹
西行	渡部治
ジョルジュ=サンド	坂本千代
マリア	吉山登